대전문학과 그 현장
(상)

'대전문학'의 역사적 의의

박 명 용

(시인 · 대전대 교수)

'대전문학'이 이 땅에 뿌리를 내린 것이 1935년이니 반세기가 훨씬 넘었다. 결코 짧은 역사가 아니다. '대전문학'은 이 긴 세월 동안에 수많은 우여곡절을 거치면서 발전을 거듭, 한국문학사에서 한 획을 긋는 성과를 거두었다.

오늘날 '대전문학'이 시, 소설 등 각 장르에 걸쳐 한국문학사에서 빼놓을 수 없는 위치에까지 성장하게 된 것은 '지방' 또는 '신흥도시'라는 한계에도 불구하고 그 동안 많은 선배문인들이 문학의 역사를 착실히 만들어 왔기 때문이다. 이러한 역사는 곧 오늘의 '대전문학'을 존재케 한 반석이 되었다는 점에서 그 의의는 매우 크지 않을 수 없다.

이럼에도 '대전문학'의 근간이 되어온 역사적 자료는 뿔뿔이 흩어지거나 없어져 그 실체마저 잊혀져 가고 특히 오류가 오류를 낳는 경우까지 발생하고 있는 것이 오늘의 실정이다. 그래서 더 늦기 전에 '대전문학'의 역사적 현장과 그 내용을 총정리 하여 보전하고 '대전문학'의 긍지를 살려 미래 '대전문학'의 발전에 기여토록 해야 한다는 문학적 당위성에 이 책의 간행 목적이 있다고 하겠다.

여기에서는 문학사와 문단사를 분리하지 않고 통합하여 의미 있는 '현장'을 찾아 수록했으며 특히 그 동안 기정사실화 된 오류를 바로 잡는 데 중점을 두었다. 그러나 이 책이 '대전문학'의 총체라고는 할 수 없다. 그것은 많은 자료의 유실로 그 실체를 확보하기 어려워 여기에 수록된 내용 외에 문학적 가치가 있는 자료가 상당히 누락되었을 수도 있기 때문이다.

이 책의 편집내용은 1935년부터 1980년까지 (1)작고 문인 (2)효시 (3)주요 문학활동 등 사적 가치가 있다고 판단되는 사항에 중점을 두었으며 1981년 이후는 하권에서 다룰 계획이다.

자료유실이라는 한계에도 이렇게 책이 간행된 데에는 자료를 제공해 주신 작고 문인 유가족들과 문인 여러분의 도움이 있었기에 가능했다. 이 자리를 빌어 감사를 표하며 '대전문학과 그 현장'을 보존할 수 있도록 배려해 준 대전광역시에 감사의 마음을 표한다.

목차

대전문학과 그 현장

□ 보기

1) 사진자료수록 기간은 1935년부터 1980년까지
2) '약사' 등은 1935년부터 2003년까지
3) 작고문인 위주의 정리
4) 단체 위주의 내용
5) '대전문학'의 효시와 문학사 및 문단사적 가치가 있다고 판단되는 내용
6) 현존 문인들은 '첫 번째'에 한하여 자료와 '약사'에 수록
7) 기타 '대전문학'에서 간과할 수 없는 내용
8) '대전'외적 지역에서의 효시 '활동' 등은 제외

대전문학과 그 현장
(상)

◀ 최초로 '대전문학'에 뿌리를 내린 소정
(素汀) 정훈(丁薰) 시인 (1911~1992)

▶ 정훈 시인의 시 「六月하늘」이 최초로 발표된
《가톨릭靑年》 1935년 1월호

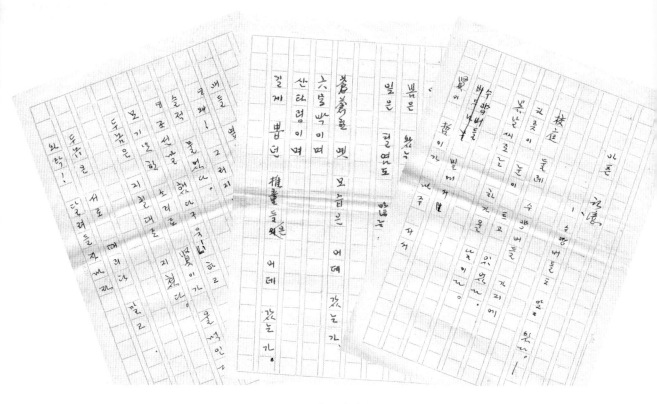

▶ 정훈 시인의 육필

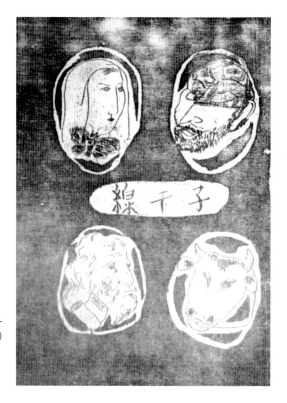

▶ 정훈 시인의 「六月하늘」이 「六月空」으로 일부
　개작되어 발표된 《子午線》 창간호(1937)

▲ 1945년 10월 정훈, 송석홍, 정해붕 등이 민족성 개발과 문화운동을 목적으로 종합문예지 《鄕土》(주간 · 정해붕)를 대전광역시 동구 원동 93 (네거리 동쪽 뒤편)에서 창간했다. 창간호는 프린트의 국판 30면 (1~2호)

▲ 1945년 10월 박희선, 이재복 등은 '白衣社' (대표:이재복) 간판을 걸고 불교종합지 《白象》(주간 · 박희선)을 대전광역시 동구 원동 63 (부라다 백화점 자리) 東本願寺 (주지 · 高太等)에서 창간했다. 창간호는 타블로이드판 8면 (1~3호)

▲ 정훈, 박희선, 박용래 등은 1946년 2월 충청지방 최초의 순수시지 《冬栢》을 대전광역시 동구 원동 85 (동구청 옆) 光照寺(주지·平山義仁)에서 창간하여 지방문학의 토대를 마련했다. (1~8집)

▲ 《冬栢》을 창간하고 계룡의숙(光照寺)에 모인 문인들 (뒷줄 왼쪽부터 박희선, 노병권, 가람 이병기, 정훈, 지헌영, 남청우, 앞줄 왼쪽부터 조○령, 원영한, 송석홍, 이종태, 정해붕)

▲ 충청문단 최초의 여류문인이었던 30대
초반의 최영자 시조시인 (1920~1986)

▲ 1947년 11월 20일 충청지방 최초로 대전광역
시 동구 중동 79 〈冬栢詩會〉에서 발행된 여
류시조시인 한덕희(23)의 시집 『북소리』

▲ 정훈이 오랫동안 거주하여 숨결이 묻은
대전광역시 중구 대흥동 50-7 '혜남건재한약' 전경

◀ 1949년 3월 5일 대전광역시 중동 계림사에서 발행된
정훈의 첫 시집 『머들령』

▲ 정훈의 『머들령』 출판기념회가 1949년 4월 대전광역시 동구 중동 94 (중앙극장 입구) 아랑다방에서 열렸다. (다방 마담으로부터 꽃다발을 받는 정훈과 왼쪽부터 두 번째 이재복, 머리 부분만 보이는 사람이 지헌영)

▲ '머들령' 의 혼이 서린 대전광역시 동구 하소동 만인산 휴양림 입구의 정훈 시비

머들령

요강원을 지나
머들령
옛날 이 길로 원님이 내리고
등짐 장사 쉬어 넘고
도적이 목 지키던 곳
분홍 두루막에 남빛 돌띠 두르고
할아버지와 이 재를 넘었다
뻐꾸기 자꾸 울던 날
감장 개명화에
발이 부르트고
파랑 갑사 댕기
손에 감고 울었더니
흘러간 서른 해
유월 하늘에 슬픔이 어린다

▲ 정훈이 일제하 민족의 설움을 노래한 그의 대표작 「머들령」의 배경이 된 금산군 추부면 요강리와 대전광
역시 동구 삼괴동 경계에 있는 머들령(본명: 마달령) 정상은 옛길 흔적이 그대로 남아 있다.

◀ 야석(也石) 박희선(朴喜宣) 시인 (1923～1998)

▲ 박희선 시인의 육필

◀ 충남 공주 갑사의 박희선 시비

▲ 박희선 시인이 작고시까지 거주했던 충남 공주시 반포면 온천리 가옥

◀ 언론인으로써 시조시인이며 평론가로
대전문학의 기틀을 세운 전형(全馨)
선생(1907∼1989)

▶ 대전문학의 선구자 역할을 했던 작가
권선근(權善根) 선생 (1926∼1989)

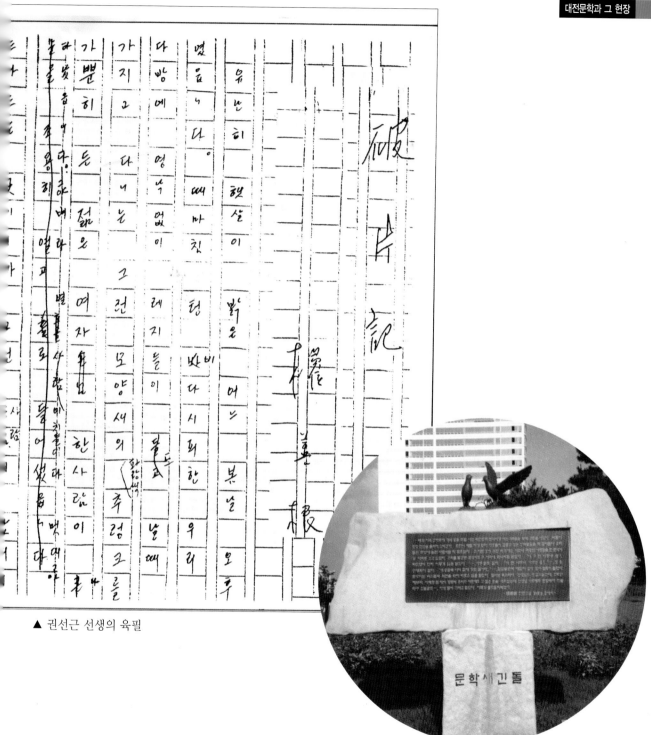

▲ 권선근 선생의 육필

▲ 대전광역시 서구 둔산동 샘머리공원에 있는
권선근 선생의 '문학 새긴 돌'

▶ 금당(錦塘) 이재복(李在福) 시인
(1916~1991)

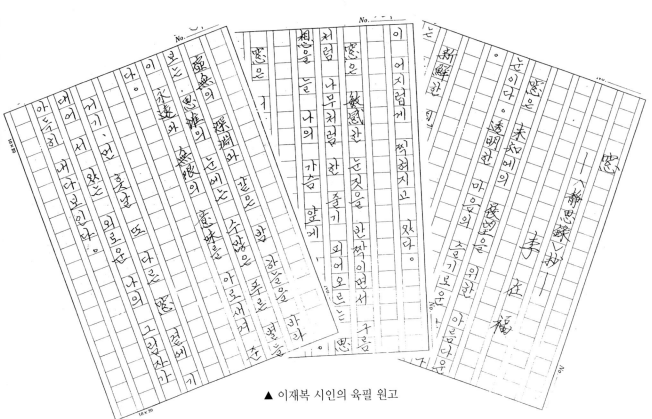

▲ 이재복 시인의 육필 원고

▲ 한성기(韓性祺) 시인의 생전 모습 (1923~1984)

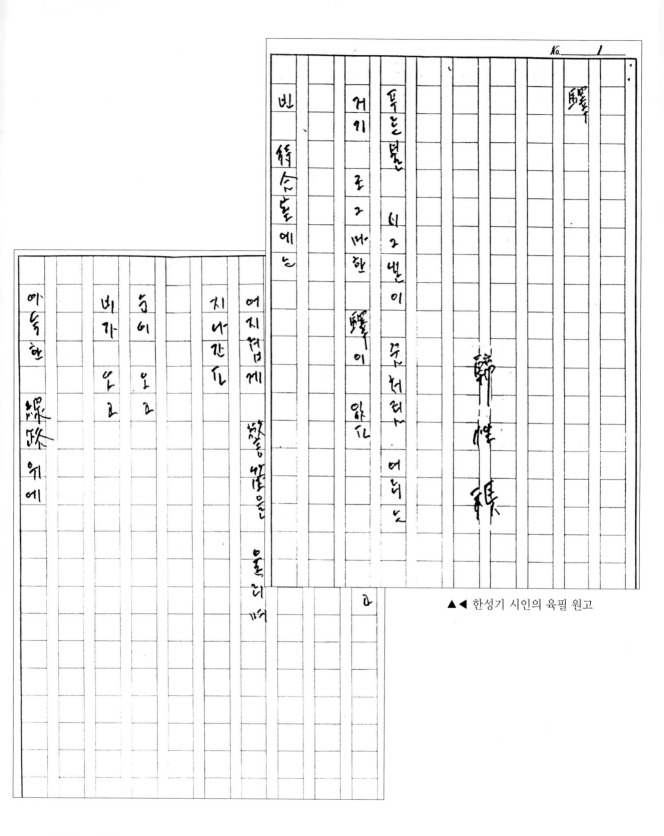

▲◀ 한성기 시인의 육필 원고

▲ 1958년 한성기 시인의 대전사범 교사 시절 (중앙 왼쪽부터 한성기 시인과 강소천 아동문학가.
학생 왼쪽에서 네 번째가 최문자 시인)

새와 둑길

눈이 녹고 귀가 녹고 코가 녹고
이걸 떨치고 돌아가기에는
아직 이르지
집을 나선지는 오래지
먼 재를 넘어서
10년을 내리
들길만을 걸었지
햇살의 범벅
바람의 범벅
눈이 녹고 귀가 녹고 코가 녹고
이제 그만했으면
돌아설 때도 되지 않았느냐고?
아니지
들길은 더 끌어쌓고
山은 더 아득하고
새와
둑길
이걸 떨치고 돌아가기에는
아직 이르지

▲ 한성기 시인이 60년대 후반부터 70년대 중반까지 유성에 거주
하면서 매일 거닐며 시상을 다듬던 갑천 둑길

◀ 한성기 시인이 거주하던 대전광역시 유성구 구암동
　2-40 (세 살던 가옥은 1990년대 말 철거되고 신축
　건물이 세워졌다.)

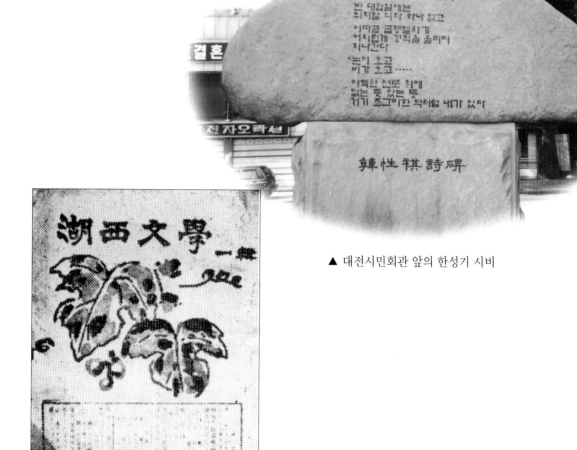

▲ 대전시민회관 앞의 한성기 시비

◀『호서문학』 1집 (1952. 8. 1) 4 6배판, P.30

▶ 운장(雲藏) 김대현(金大炫) 시인
(1920～2003)

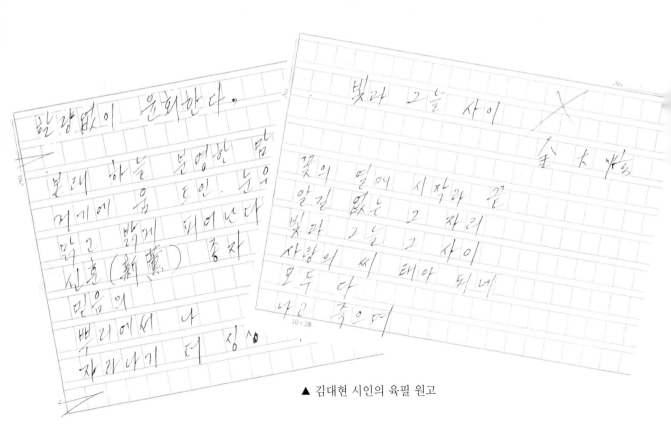

▲ 김대현 시인의 육필 원고

◀ 김대현 시인의 첫 시집 『靑史』(1954)

▲ 김대현 시인의 시집 출판기념회가 1954년 가을, 서라벌다방에서 열렸다. (왼쪽 첫 번째 이재복
  시인, 일어서서 시 낭송하는 김대현 시인, 맞은 편 한복차림의 정훈 시인)

▲ 김대현 시인이 거주한 대전광역시 동구 소제동 299-60 가옥

▶ 작고 1년이 넘도록 가족들이
"차마 뗄 수가 없다."고 그대로
두고 있는 김대현 시인의 문패

◀ 정훈 시인의 시조시집 『벽오동』
(1955)

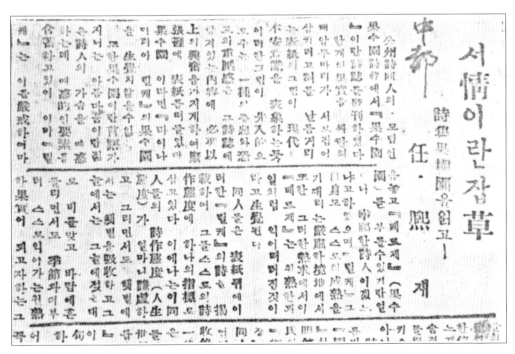

▲ 문협충남지부 창립총회 〈대전일보〉 공고문 (1958. 7. 17)

▲ 임희재의 「서정이란 잡초」가 실린 〈중도일보〉 (1955. 7. 10)

▲ 박용래(朴龍來) 시인 (1925~1980)

▶ 보문산 사정공원의 박용래 시비

길

버드나무 버드나무는
키대로 서서면

들녘을 바라보고
있다. 그 맡을 들품

갈래의 시민들이
가고 오늘도
무거운 그림자

갈때 끝없이
가다, 눈물이
바위

될때까지
가리라, 하며
그렴개.

(빛불밭의 홍룡에
오전 참새)

낯익은 참새랑
나리에 불고.

詩像 ＜갈래의 시민…로 명의 影嚮、

...에 10월 56

▲ 박용래 시인의 육필 원고

▶ 박용래 시인이 '靑柿舍' 라고 명명했던 대전광역시 중구 오류동 17 - 15 가옥

◀ 『호서문단』 1집 (1956. 3. 1)
국배판, P.28

▼ 1956년 〈한국일보〉 신춘문예에 정주상의 동화 「경재와 하모니카」가 당선되었다.(1956년 1월 3일자에 발표)

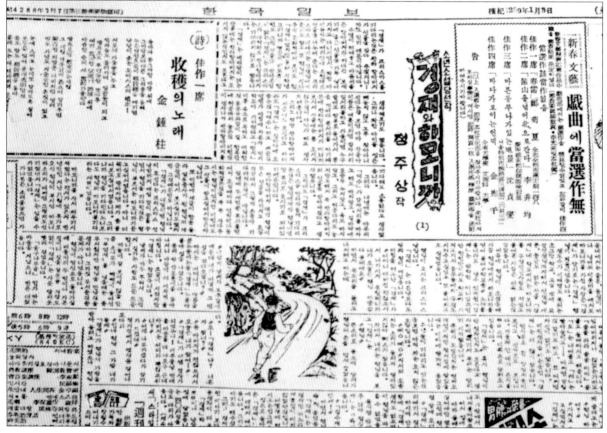

◀《호서문학》 3집 (1956. 6. 25) 부터 국배판으로
책의 형식을 갖추어 출간되었다. (P.192)

▲ 1956년 7월 임강빈 시인의 《현대문학》 등단 축하연이 공주 고궁다방에서 열렸다.
(꽃다발을 들고 있는 임강빈 시인)

▲ 김대현 시인의 시집 『옥피리』(1958)

▲ 출판기념회에서 김대현 · 이재복 시인

▲ 『옥피리』 출판기념회가 아랑다방에서 열렸다. (1958. 5)

▲ 박희선 시인의 첫 시집 『새양쥐와 우표』(1958)

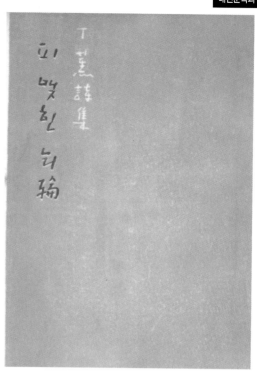

▲ 정훈 시인의 시집 『피맺힌 年輪』(1958)

▲ 전여해 시인의 시집 『풀밭에서』(1960)

▲ 정훈 시인의 시조집 『꽃詩帖』(1960)

▲ 60년대 초가을 '김형석 교수 강연의 밤'을 열고 (앞줄 왼쪽 김형석 교수, 타요한(한남대 전신 대전대학 이사장), 지헌영 선생, 뒷줄 왼쪽부터 다섯 번째 이용호 시인)

◀ 60년대 초 문학행사장에서 시 낭송을 하고 있는 정훈 시인

▲ 60년 늦여름 문학행사를 마치고 (앞줄 왼쪽부터 이재복, 박목월, 김대현 시인, 뒷줄 왼쪽부터 박희선 시인, 권선근 선생)

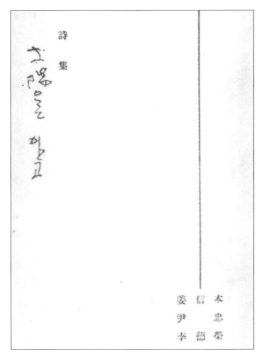

▲ 강신본, 윤충, 이덕영의 3인 시집 『太陽을 안고』 (1961)

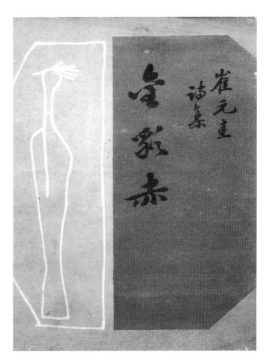

▲ 최원규(崔元圭) 시인의 첫 시집 『金彩赤』 (1961)

▲ 1962년 〈대전일보〉 주최 예능대회를 마치고 (왼쪽부터 권선근 선생,
　조기선 신부, 마해송 선생, 이용호 시인, 박홍근 화백)

▲ 이덕영 시인의 「化石」이 1963년 1월 〈한국일보〉 신춘문예에
당선되어 발표된 작품

▲ 이덕영(李德英) 시인
(1942~1983)

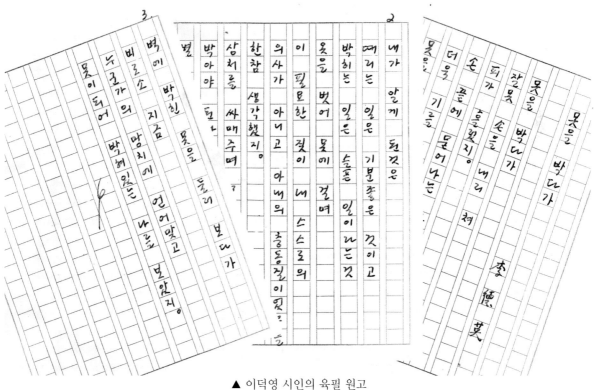

▲ 이덕영 시인의 육필 원고

▲ 신탄진 대청댐 청소년광장의 '이덕영 시비'

▶ 한국문협 '충남문협회보' 창간호
 (1963. 3. 1)

◀ 한성기 시인의 첫 시집 『山에서』(1963)

▲ 윤충섭, 김용혁, 윤채한 3인 시집 『탑을 위한 영가』
　(1963)

◀ 고광수 시인의 시집 『회향곡』(1963)

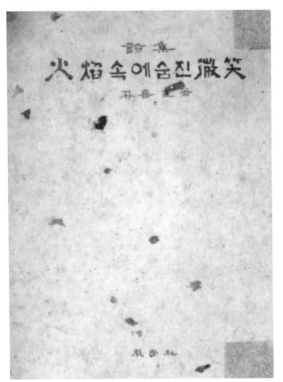

◀ 박희선 시인의 시집 『화염속에 숨진 미소』 (1964)

▲ 『돌샘』 창간호 (1965)

◀ 『靑磁』 창간호 (1965)

◀ 대전여고 '구조의 밤'에서 강연하고
있는 최원규 시인 (1965)

▶ 〈현대문학사〉주최 '순회강연회'를 마치고 (앞줄 왼
쪽부터 박목월, 서정주 시인, 이광래(희곡), 뒷줄 왼쪽
부터 이용호, 장수철) (1965)

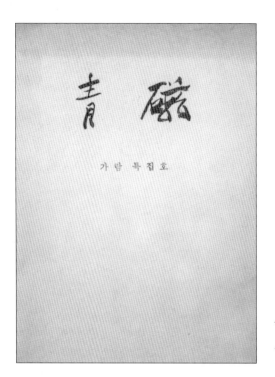

▶ 청자시조창작동인회의 '가람 특집호' 『靑磁』
(1966)

▲ 『靑磁』 특집호를 낸 후 '청자의 밤'을 열고 (앞줄 왼쪽부터 첫 번째부터 이태극, 임헌도, 황희영 뒷줄 왼쪽부터 유동삼, 이용호, 이교탁, 김해성 시인) (1966. 8. 7)

▲ 임강빈 시인의 시화전 테이프 절단 (왼쪽부터 이동훈(화가), 이재복, 임강빈, 정훈 시인)(1966. 10)

▲ 최원규 시인의 두 번째 시집 『겨울歌曲』 출판기념회 (축사를 하고 있는 이재복 시인)(1966. 12)

◀ 홍재헌 선생의 『교사의 시선』(1966)

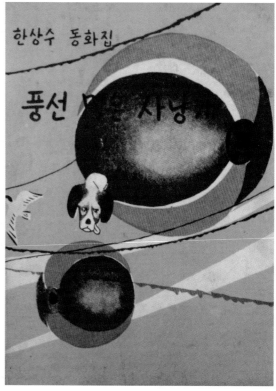

▲ 한상수 선생의 첫 동화집 『풍선 먹은 사냥개』(1966)

◀ 『유동삼시조집』(1967)

▲ 『중도문학』 창간호 (1967)

▲ 4인 (송하섭 · 이원복 · 이정웅 · 조남익) 에세이집
『사색의 연가』(1967)

▲ 송백헌 선생의 평론 〈대전일보〉(1967. 10)

▲ 제11회 충남도문화상을 받는 최원규 시인 (1967)

▲ 문화상을 수상하고 (왼쪽부터 최원규 시인 내외, 이재복, 이용호 시인과 김재설 선생) (1967)

▲ 송백헌(왼쪽)선생과 최원규(오른쪽) 시인의 평론 〈대전일보〉(1968. 8)

◀ 홍희표 시인의 첫 시집 『魚群의 지름길』(1968)

◀ 조남익 시인의 평론 〈대전일보〉(1968. 9)

詩의 眞實

—詩集 第3輯을 읽고

趙南翼

看過할수없는 오도된 眞實

조촐한 觀照와 洗練美 엿보여

第1回 詩畵展

1968.11.10~16

▲ 〈대전시인회〉 제1회 시화전 팜플렛 (1968)

▲ 홍희표 시인의 시집 출판기념회 (1968)

▲ 강금종 소설가의 충남도문화상 수상 축하 다과회 (1968)

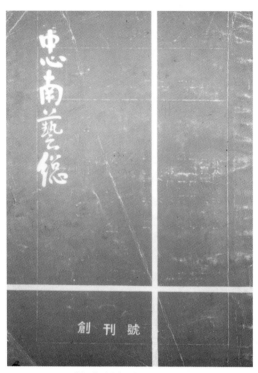

▲ 《충남예총》 창간호 (1969)

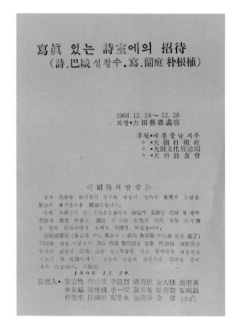

▲ 설창수 시인의 시화전 초대장 (1968)

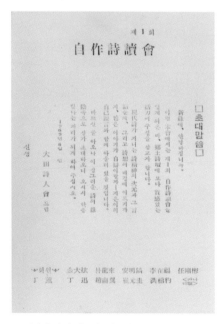

▲ 〈대전시인회〉 제1회 '자작시독회' 초대장
(1969)

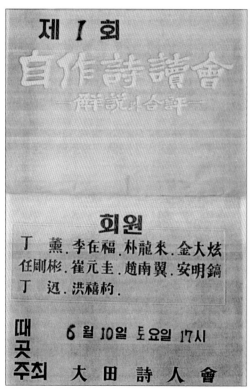

▲ 〈대전시인회〉 제1회 '자작시독회' 포스터 (1969)

▲ 문학행사를 마치고 (앞줄 왼쪽부터 박용래, 임강빈, 뒷줄 왼쪽부터 홍희표,
한성기 시인) (1968)

▶ 박용래 시인의 첫 시집 『싸락눈』(1969)

▶ 송유하 시인(1944~1982)의 《월간문학》 신인상 당선
기념회 (앞줄 왼쪽부터 송유하, 홍희표, 네 번째 최문휘
뒷줄 왼쪽부터 이재복, 권선근, 최원규 시인 등) (1969)

▲ 이용호 시인의 신춘문예 당선 축하 기념회 (1969)

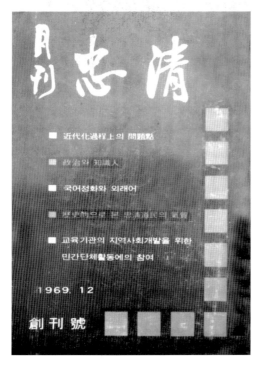

▶ 월간 《忠淸》 창간호 (1969)

▲ 〈대전일보〉 주최 '어린이 예능대회'를 마치고 (왼쪽부터 이용호 시인, 하태진, 이인영, 이종무, 이마동 화가 등) (1969)

▲ 김덕영 선생의 수필집 『자의식의 미화』(1969)

▲ 조남익 시인의 첫 시집 『山바람 소리』(1969)

▲ 한성기 시인의 시집 『낙향이후』(1969)

▲ 임강빈 시인의 첫 시집 『당신의 손』(1969)

▲ 박용래 시인 '작품상' 수상 축하연 (시를 낭송하는 임강빈 시인) (1969)

▶ 대전을 방문한 서정주 시인과 이재복 시인
   (1969)

▲ 신정식(申正植) 시인 (1938~1995)

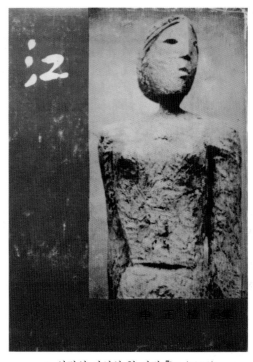

▲ 신정식 시인의 첫 시집 『江』(1970)

▲ 신정식 시비 (상소동 시민휴식공원)

▲ 문학행사를 마치고 (앞줄 왼쪽부터 임강빈, 김상옥, 박용래,
  뒷줄 왼쪽 이용호 시인) (1970)

▶ 김정수 시인의 첫 시집 『壁畵』(1970)

▲ 문학행사를 마치고 (앞줄에 문덕수, 임헌도, 조연현, 나태주 시인 등과 뒷줄에 한성기, 한상수, 최원규, 구재기, 김명수, 이관묵 시인 등이 보인다.) (1970)

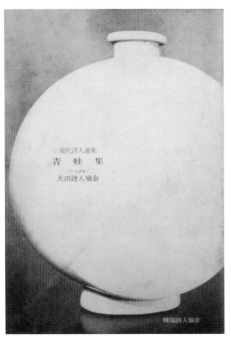

◀ 6인 시집 『靑蛙集』(1971)

◀ 장암(藏菴) 지헌영(池憲英) 선생 (1911~1981)

▲「아! 大田아」가 새겨진 '대전사랑' 비 (대전시청)

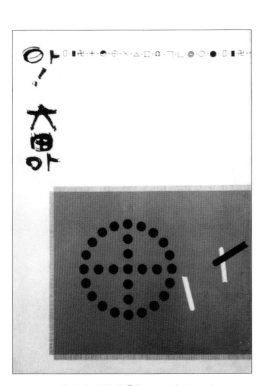

▲ 지헌영 선생의 『아! 大田아』(1971)

▲ 문학행사를 마치고 (앞줄 왼쪽부터 조남익, 최원규, 박목월, 박용래, 뒷줄 왼쪽부터 한성기, 임강빈, 홍희표, 신정식 시인) (1975)

▲ 70년대 세천수원지에서 (박용래, 임강빈, 나태주 시인 등이 보인다.) (1970년대 중반)

▲ 백일장 대회를 마치고 (앞줄 왼쪽부터 안영진, 최문휘, 한상수, 이장희 시인 등과 뒷줄에 이용호, 홍희표, 임강빈, 최원규, 김대현, 임헌도, 유동삼 시인과 강금종 소설가 등이 보인다.) (1975)

▲ 70년대 청양 장곡사에서 김대현 시인과 박희선 시인

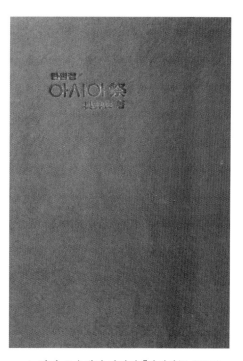

▲ 작가 오승재의 단편집 『아시아祭』(1971)

▲ '한성기시화전'에서 (왼쪽부터 한성기, 윤석산, 구재기, 이관묵, 이장희 시인) (1971)

▲ '한성기시화전'에서 (왼쪽부터 한상수, 한성기, 구진서 선생) (1971)

▲ 이교탁(李敎鐸) 시인 (1927~1981)

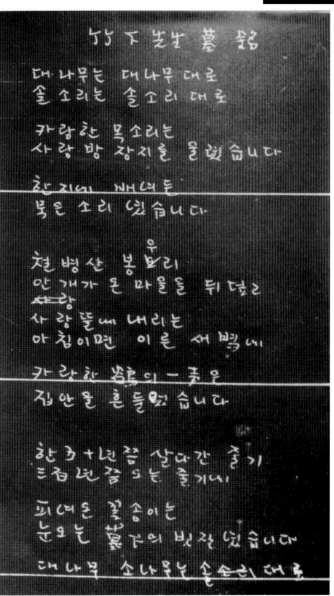

▲ 이교탁 시인의 육필 원고

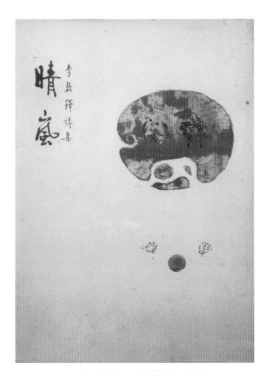

▲ 이교탁 시인의 시집 『晴嵐』(1971)

▲ 문학강연을 마치고 (왼쪽부터 한성기, 안영진, 네 번째 문덕수, 임헌도, 조연현, 최원규 아홉 번째 한상수 선생) (1972)

◀ 안영진 선생의 컬럼집 『氣球의 思索』(1972)

▲ 김용우 시인의 시집 『旅愁』(1972)

▲ 김수남 작가의 첫 소설집 『유아라보이』(1972)

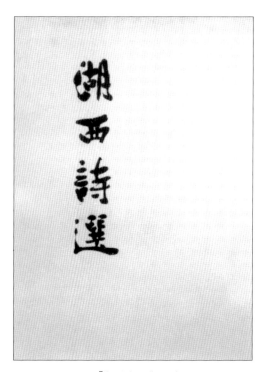

▲ 『湖西詩選』(1972)

▲ 한성기 시인의 시집 『失鄉』(1972)

▲ 서예전에서 (왼쪽부터 이용호 시인, 정주상 작가, 박충식 서예가) (1972)

▲ 작가 최상규(崔翔圭) (1934~1994)

▲ 시문학 세미나를 마치고 (정한모, 박목월, 임강빈, 김남조, 최원규, 박용래, 홍희표, 나태주 시인 등이 보인다.) (1973)

▲ 조남익 시인의 에세이집 『詩의 오솔길』 (1973)

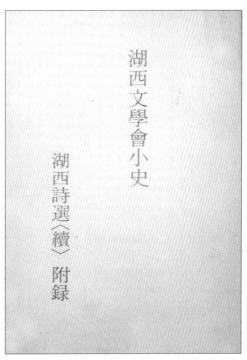

▲ 『湖西詩選』 부록으로 나온 〈湖西文學會小史〉 (1974)

▲ 남해안에서 (왼쪽부터 세 번째 이덕영, 일곱 번째 박명용 시인) (1973)

▲ 문학모임을 하고 (왼쪽부터 김대현, 신정식, 한성기 시인) (1975)

▲ 문학행사를 마치고 (왼쪽부터 이가림, 이덕영, 한성기, 박용래, 전봉건, 조남익 시인) (70년대 중반)

▲ 신협 시인의 첫 시집 『辨明』(1974)

▲ 박용래 시인의 시선집 『강아지풀』(1975)

▲ 동학사에서 (왼쪽부터 김대현, 박희선 시인)
(70년대 중반)

▶ 여가를 즐기는 박용래 · 임강빈 시인
(70년대 중반)

▶ 제12회 한국문학상을 김동리 선생으로부터 받는 한성기 시인 내외 (1975)

▲ 한성기 시인의 시집 『九岩里』(1975)

▶ 한국문협 심포지엄을 마치고 (왼쪽에서 두 번째 부터 최원규, 오학영, 조연현, 한성기 시인) (70 년대 중반)

◀《湖西文學》속간
호(5집) (1976)

◀ '한성기시화전'
팜플렛 (1976)

▲ 『湖西文學』 속간호를 내고 (앞줄에 구상회, 박용래, 임헌도, 김대현, 유동삼 시인 등과 뒷줄에 홍희표, 신정식, 주근옥, 이도현, 김학응 시인 등이 보인다.) (1976)

◀ 이덕영 시인의 첫 시집 『한 줄기의 煙氣』(1976)

▲ 문학강연회를 마치고 (왼쪽부터 박용래, 나태주, 박재삼, 박목월, 최원규, 김명수 시인 등)(1976)

▲ 김용재 시인의 첫 시집 『겨울散策』(1976)

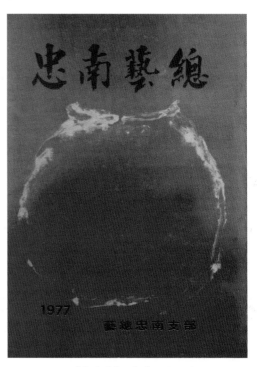

▲ 『충남예총』 속간호 (1977)

▲ 『大稜文學』 창간호 (1977)

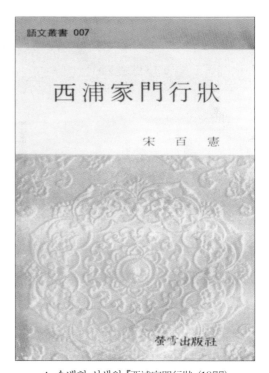

▲ 송백헌 선생의 『西浦家門行狀』(1977)

▲ 박희선 시인의 시와 산문집 『耽美』(1977)

▲ 안명호 시인의 첫 시집 『바람 쉴 고개』(1977)

▲ 한국문협 주최 문학강연회에서 임강빈 시인 (1977)

▲ 문학행사를 마치고 (왼쪽부터 최원규, 성찬경 시인과 김병욱 교수, 임강빈 시인 등) (1977)

▲ 어느 행사장에서 (왼쪽부터 이가림, 홍희표, 이병훈, 박용래 시인) (70년대 중반)

▲ 문학세미나에서 (왼쪽부터 박용래, 이용호, 홍희표, 박재삼 시인) (70년대 중반)

▲ 아산 현충사에서 한국시인협회 세미나를 마치고 (박목월, 김종길, 황금찬, 박희선, 박용래, 이석, 손광은 시인 등이 보인다.) (1977)

▲ 이용호 시인의 첫 시조집 『점경시첩』(1977)

▲ 『차령』 창간호 (1977)

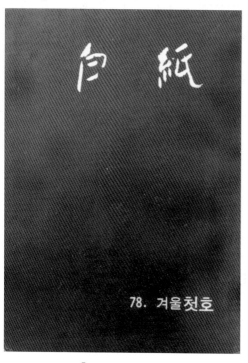

▲ 『白紙』 창간호 (1978)

▲ 손기섭 시인의 첫 시집 『현신』(1978)

▲『현신』출판기념회에서 (왼쪽부터 최원규, 손기섭, 김동리, 박두진 시인) (1978)

▲『시도』창간호 (1978)

▲ 김영배 선생의 수필집 『靜한 나무의 年輪』(1978)

◀ 서해안 태안군 안흥에서 (왼쪽 두 번째
부터 한성기, 박명용 시인) (1978)

文學과知性社

宋在英 評論集

現代文學의 擁護

▲ 송재영 선생의 평론집 『현대문학의 옹호』
(1979)

▲ 『현대문학의 옹호』 출판기념회 (축사를 하고 있는 최원규 시인) (1979)

▲ 이장희 시인의 첫 시집 『銀針』(1979)

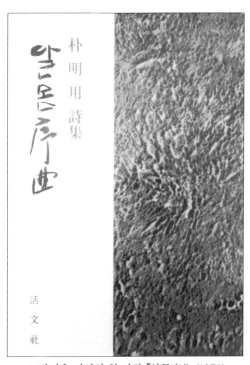

▲ 박명용 시인의 첫 시집 『알몸序曲』(1979)

▲ 한성기 시인의 시집 『늦바람』(1979)

▲ 김대현 시인의 시선집 『보리수』(1979)

▲ 이진우 작가의 첫 소설집 『바람난 벽돌』(1979)

▲ 정훈 시집 『巨木』(1979)

▲ 『만다라』 창간호 (1979)

▲ 박용래 시인의 시집 『백발의 꽃대궁』(1979)

▲ 문학행사를 마치고 (왼쪽부터 나태주, 오세영, 한사람 건너 최원규, 정한모, 이관묵, 박정환 시인 등)(1979)

▲ 문학행사를 마치고 (왼쪽부터 머리부분 김대현, 박명용, 한사람 건너 최원규, 한성기, 김학응 시인 등) (1980)

▲ 송하섭 선생의 에세이집 『어느 가난한 人生의 한 나절』(1980)

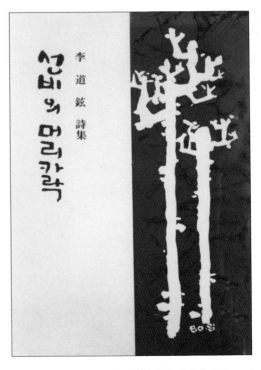

▲ 이도현 시인의 첫 시집 『선비의 머리카락』(1980)

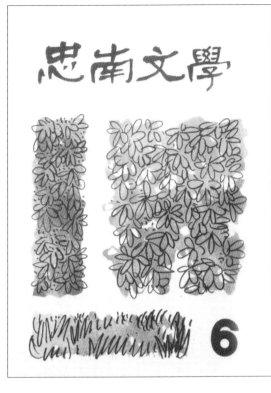

▶《忠南文學》6집 (사실상 창간호) (1970. 2. 25)(농경출판사)

①

②

③

④

① 《忠南文學》 7집, p.132 (1971. 5. 25)　　호서출판사
② 《忠南文學》 8집, p.160 (1972. 7. 25)　　호서출판사
③ 《忠南文學》 9집, p.172 (1975. 4. 25)　　호서출판사
④ 《忠南文學》 10집, p.212 (1978. 2. 28)　제일인쇄공사
⑤ 《忠南文學》 11집, p.202 (1980. 7. 5)　　동성옵셋
⑥ 《忠南文學》 12집, p.172 (1981. 9. 25)　오광인쇄
⑦ 《忠南文學》 13집, p.160 (1982. 8. 20)　보전출판사

⑧ 《忠南文學》 14집, p.204 (1983. 11. 20)　호서문화사
⑨ 《忠南文學》 15집, p.204 (1984. 12. 20)　호서문화사
⑩ 《忠南文學》 16집, p.198 (1985. 12. 20)　진락출판사
⑪ 《忠南文學》 17집, p.200 (1986. 12. 20)　진락출판사
⑫ 《忠南文學》 18집, p.262 (1987. 12. 5)　한일출판사
⑬ 《忠南文學》 19집, p.422 (1988. 12. 20)　한일출판사

⑤

⑥

⑦

⑧

⑨

⑩

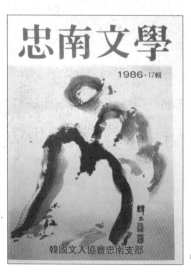

⑪

⑫

⑬

대전문학약사

연 도	약 사	기 타
1935	·정훈 : ≪가톨릭청년≫ 1월호(창간호)에 「六月하늘」 발표	·'丁甲洙'란 본명으로 발표 ·발행 : 1934.12.25
1937	·정훈 ≪子午線≫ 창간호에 「六月空」 발표 (11.10)	·'素汀'으로 발표
1945	·〈향토시가회〉 창립 (10) ·≪鄕土≫(주간 : 정해붕) 창간, (충청 최초의 종합 문예지), 향토사 (10) ·≪白象≫(한국불교혁신청년회) (대표 : 이재복, 주간 : 박희선) 창간 (10)	·대전시 동구 원동 93 　(원동4거리 동쪽 뒷골목) ·동인 : 정훈, 박희선, 박용래, 송석홍, 이교탁, 최영자, 임영선, 이희춘, 권영두, 원영한, 정해붕, 한덕희, 하유상 등 (2호 종간) ·대전시 동구 원도 63 (전 부라더백화점 자리에 있던 東本願寺에서) ·이재복, 박희선 등 참여 (3호 종간)
1946	·〈冬栢詩會〉 결성 (2) ·≪冬栢≫ 창간(창간사 : 박희선)(충청 최초의 순수시지 (7) ·이재복 : ≪冬栢≫ 2집에 시 「梅花」를 최초로 발표 ·정훈 : ≪冬栢≫ 4집에 시 「머들령」 발표	·대전시 동구 원동 85 　(동구청 옆에 있던 光照寺에서) ·동인 : 정훈, 정진우, 박희선 등 ·정훈, 박희선, 박용래 등
1947	·≪冬栢≫ 8집 (9) ·한덕희 : 시집 『북소리』 간행, 충남인쇄사 (11.20) 　　　　 (충청 최초의 시집)	·8집 종간
1949	·정훈 : 첫 시집 『머들령』 간행, 대전시 중동 게림사 (3.5) ·출판기념회 : 아랑다방(중앙시장 입구) (5) ·대전시화전 : 모레나다방 (5)	
1950	·권선근 : ≪문예≫ 3월, 소설 「허선생」 추천(김동리) ·〈동방신문〉 「향토시선」 연재	
1951	·〈호서문학회〉 창립, (회장 : 정훈) (11.11)	·동인 : 임지호 지헌영, 송영헌, 한성기, 원영한, 임강빈, 권선근, 박용래 등 50명
1952	·한성기 : ≪문예≫ 5·6 합병호, 시 「역」 추천(모윤숙), ≪문예≫ 9월, 「병후」 추천(박두진) ·≪호서문학≫ 창간(주간 : 송영헌) (8.1)	·더블로이드판 30면 ·편집 : 원영한, 임희재 ·창간사 : 정훈 ·시 : 정훈, 한성기, 임강빈, 강소천 등 ·기타 : 소설, 콩트, 에세이, 평론, 번역(총 20명) ·2집까지 더블로이드판 발간 ·3집부터 국판 (P.192) ·4집 (1959.2.1) 발행 후 1976년까지 휴간

연도	내용	비고
1953	·전형 : 〈호서문학회〉 회장 (부회장 : 한성기)	·원영한·박용래·한덕희 : 탈퇴
1954	·임희재 : <조선일보> 신춘문예 희곡 「기항지」 당선 (1) 《호서문학》 2집 간행 (2.15) ·권선근 : 《문예》 3월, 「요지경」 추천 (김동리) ·정훈 : 시집 『破笛』 간행, 학우사 (8.15) ·호서문학회 정기총회(회장 : 전형) (11.13) ·김대현 : 시집 『靑史』 간행, 창문사 (11.25)	·전형 : 평론 발표
1955	·임희재 : <조선일보> 신춘문예 단막극 「기항지」 당선 (1) ·한성기 : 《현대문학》 4월, 「아이들」, 「꽃병」 추천(박두진) ·정훈 시조집 『벽오동』 간행, 학우사 (5.11) ·박용래 : 《현대문학》 6월, 「가을의 노래」 추천(박두진) ·추식 : 《현대문학》 6월, 「부랑아」 추천 ·동인지 《과수원》 창간 (6.20) ·한국 문학가협회 충남 도지부 결성 (7.17) ·<한국문학가협회보> 창간 (8.6) ·'문학의 밤' 개최 (대전문화원) (8.15) ·<호서문학회> 기구 개편 (대표위원 : 정훈, 지헌영, 전형) (8.13) ·광복절 경축 방송 (8.15) ·크리스마스 기념 '문학의 밤' 개최 (시교육청) (12.24) ·크리스마스 경축 방송 (12.24)	·《현대문학사》 추천 제1호 ·동인 : 김명배, 안명호, 최재문 등 9명 ·대전문화원 ·회원 : 권선근, 한성기, 박용래, 송기영, 임희재, 정 훈, 추식, 안명호, 이재복, 임강빈, 최원규, 최재문, 강금종, 김명배, 박정규, 서석규 등 40명 ·전형, 김대현 등 5명 ·전형, 원영한 등 3명
1956	·정주상 : 〈한국일보〉 신춘문예 소년소설 「경재와 하모니카」 당선 ·박용래 : 《현대문학》 1월, 「황토길」, 4월 「땅」 추천(박두진) ·정주상 당선 축하회 (1.10) ·추식 : 《현대문학》 2월, 「모오든 나는 오라」 추천 ·《호서문단》 1집 간행(한국문학가협회도지부기관지) (3.1) ·3·1절 경축 예술제 (1~2) ·최상규 : 《문학예술》 5월, 단편 「포인트」 추천(황순원) ·《호서문학》 3집 간행(회장 : 전형) (6.25)	 ·제자 : 한성기 ·수록회원 : 권선근, 이재복, 전형, 육명심, 송기영, 서석규, 김봉한 등 ·대전시공관 ·3집부터 국배판 발간 ·시 19, 시조 4, 수필 4, 창작 2, 평론4, 학생란 등 (p.192) ·김대현 : 「魚尾」 발표 ·이교탁 : 「書信」 발표

1956	• 전형 : 평론 『현대 문학의 계보』 발표, 《호서문학》 3집 • 하유상 : 국립극장 제1회 장막희곡모집 「딸들 자유 연애를 구가하다」 당선 • 「思荀」 창간, 사순문우회	• 김용철, 이인원 등 5명
1957	• 6·25기념 '문학의 밤' : 〈호서문학회〉 주최 (6.25) • 〈호서문학회〉 상임위원제 실시 (11.10) • '문학 강연회' (연사 : 선우휘·원영한) • 정훈 시화전, 뷔엔나다방 (11.16~21)	• 대전음악회관 • 대전여중 강당
1958	• 김대현 : 시집 『옥피리』 간행, 정음사 (4.30) • 박희선 : 첫 시집 『새앙쥐와 우표』 간행, 세종문화사 (6.29) • 정훈 : 시집 『피맺힌 年輪』 간행, 박영사 (10.30) • 이재복 : 연작시 「靜思錄抄」 〈대전일보〉에 연재	
1959	• 오승재 : 〈조선일보〉 신춘문예 「제3부두」 당선 (1) • 구진서 : 〈국도신문〉 신춘문예에 동화 「욕심장이의 꿈」 당선 (1) • 《호서문학》 4집 간행 (2.1) • 김붕한 : 시집 『탑』 간행 • 〈머들령 문학회〉 창립 (회장 : 정훈) (12.6)	• 신정식 : 「계곡」 발표 • 구상회 : 「연」 발표 • 지헌영 : 「단가정형의 형성」 발표 • 1976년까지 중단
1960	• 전여해 : 시집 『풀밭에서』 간행, 세창출판사 (6.1) • 정훈 : 시조집 『꽃 詩帖』 간행, 민중서관 (6.30) • 전형 : 〈대전일보〉에 소설 「비파애가」 연재	
1961	• 『태양을 안고』(3인 시집) 간행, 삼우출판사 (11.30) • 최원규 : 첫 시집 『金彩赤』 간행, 충남대학보사 (12.10)	• 강신본, 윤충, 이덕영
1962	• 한국문인협회 충남지부 결성(지부장 : 권선근) (3.18) • 김대현 : 시집 『고란초』 간행, 교학사 (8.15)	• 김대현, 이재복, 정재수 등
1963	• 이덕영 : 〈동아일보〉 신춘문예 시조 「꽃」 가작 (1) 〈한국일보〉 신춘문예 시조 「化石」 당선 (1) • 〈충남문협회보〉 창간 (발행인 : 권선근) (3.1) • 한성기 : 첫 시집 『산에서』 간행, 배영사 (4.30) • 『탑을 위한 영가』(3인 시집) 간행, 삼성당 (8.20) • 고광수 : 시집 『懷鄕曲』 간행, 대한출판사 (10.15) • 김대현 : 시집 『석굴암』 간행, 교학사 (11.30)	• 윤충섭, 김용혁, 윤채한
1964	• 박희선 : 시집 『화염속에 숨진 미소』 간행, 교학사 (6.10)	

1965	·《청자》 창간 (한밭시조동인회) (회장 : 정훈) (7.31) ·《돌샘》 창간(돌샘문학동인회) (8.15) ·김봉한 : 시집 『안면도』 간행	· 秋江, 남준우, 유동삼, 이용호, 김해성 등
1966	·홍재헌 : 수필집 『교사의 시선』 간행, 새한출판사 (4.30) ·《청자》 특집호 발행, 청자시조창작동인회 (8.7) ·'청자의 밤' 개최, 가로수다방(주관 : 황희영) (8.7) ·한상수 : 첫 동화집 『풍선 먹은 사냥개』 간행, 배영사 (9.25) ·정훈· : 시집 『散調』 간행, 인간사 (10.29) ·《시혼》 창간(봉황시문학회) (10.21)	· 안명호, 최원규, 한상각 등
1967	·『유동삼 시조집』 간행 (6.15) ·《중도문학》 창간 (대표 : 윤채한) (9.10) ·4인 에세이집 『사색의 연가』 간행, 배영사 (9.25)	· 시9, 소설2, 수필5, 평론3, '중도문단' 특집 · 송하섭, 이원복, 이정웅, 조남익
1968	·3인 합동출판기념회 (2.25) ·김영만 : 시집 『화심초』 간행 ·홍희표 : 첫 시집 『魚群의 지름길』 간행, 문예사 (9.10) ·제1회 시화전 (대전시인회) 심지다실 (11.10~16) ·설창수 : 시인 초대 시화전, 충남예총 화랑 (12.24~28)	· 최원규 시집 『겨울 가곡』 · 한상수 동화집 『풍선 먹은 사냥개』 · 강금종 창작집 『미움의 세월』
1969	·송유하 : 《월간문학》 신인상 당선 (1) ·김덕영 : 수필집 『自意識의 美化』 간행, 회상사 (2.15) ·제1회 자작시 낭송회 (대전시인회) (6) ·《충남예총》 창간, 충남예총(지부장 : 권선근) (5.1) ·박용래 : 첫 시집 『싸락눈』 간행, 삼애사 (6.20) ·박용래 : 《현대시학》 제1회 작품상 (「저녁눈」) ·조남익 : 첫 시집 『山바람 소리』 간행, 현대문학사 (10.20) ·한성기 : 시집 『落鄕以後』 간행, 활문사 (10.30) ·임강빈 : 첫 시집 『당신의 손』 간행, 현대문학사 (11.20) ·월간 《忠淸》 창간(발행인, 양해창) (12.5) ·2대 문협지부장 : 이재복 (12)	· 김대현, 박용래, 안명호, 이재복, 임강빈, 정훈, 조남익, 최원규, 홍희표 등
1970	·《忠南文學》 창간 (지부장 : 이재복, 사무국장 : 조남익) (2.25) ·신정식 : 첫 시집 『江』 간행, 농경출판사 (6.20) ·김정수 : 첫 시집 『壁畵』 간행, 회상사 (11.25)	· 6집으로 표기(호서문학 1,2,3,4집과 호서문단 1집에서 승계) · 제자 : 이재복 · 표지화 : 이인영 ·34명 발표

1971	· 지헌영 : 장시 「아! 대전아」 발표 ≪충남문학≫ 7집 　(5.25) · 오승재 : 단편집 『아시아祭』 간행, 호서문화사 (9.1) · 『靑蛙集』(6인시집) 간행, 삼화인쇄 (10.20) · 이교탁 : 시집 『晴嵐』 간행, 제일출판사 (11.25) · 강전섭 : (지헌영 장시) 『아! 대전아』 간행, 호서문화사 　(12.15) · 『교단의 미소』 창간 (교단수필동우회) (12.25)	· 278행 · 한성기, 박용래, 임강빈, 　최원규, 조남익, 홍희표
1972	· 구진서 〈조선일보〉 신춘문예에 동화 「산울림」 당선 (1) · 구진서 동화집 『산울림』 간행, 제일출판사 · 3대 문협지부장 : 한성기 (2.28) · ≪호서시선≫ 간행 (편저 : 송석홍) (8.25) · 문인야유회 (10) · 김용우 : 시집 『旅愁』 간행 (5.4) · 김수남 : 첫 소설집 『유아라보이』 간행, 농경출판사 (8.20) · 한성기 : 시집 『失鄕』 간행, 현대문학사 (10.1) · 안영진 : 컬럼집 『氣球의 思索』 간행, 농경출판사 　(12.22) · 최상규 : 창작집 『형성기』 간행, 삼성출판사	· 대덕군 동면 내탑
1973	· 시화전 : 심포니다방, 〈아동문학회〉주최 (1.1~12) · 〈충남아동문학회〉 결성 (회장 : 한상수) (7.17) · '아동문학의 밤' 개최 (시온예식장) (10.20) · 『정훈시선』 간행 · 조남익 : 에세이집 『詩의 오솔길』 간행, 세운문화사 (7.1) · 김봉한 : 시집 『층계』 간행	· 구진서, 김영수 등
1974	· 『湖西文學會小史』 (송석홍) (3.30) · ≪푸른메아리≫ 창간 (충남아동문학회) (8) · 신협 : 첫 시집 『辨明』 간행, 현대문학사 (12.5)	· ≪호서시선≫(속) 부록
1975	· 4대 문협지부장 : 박용래 (5.3) · 박용래 : 시선 『강아지풀』 간행, 민음사 (5.30) · 한성기 : 시집 『九岩里』 간행, 호서출판사 (8.30) · 한성기 : 제12회 한국문학상 수상 · 박희선 : 시집 『此岸』 간행, 교학사	
1976	· 5대 문협지부장 : 임강빈 (4) · 정의홍 : 첫 시집 『밤의 幻想曲』 간행, 신라출판사 (3.20) · 김수환 : 전집 『부엽문학』, 한일출판사 (4.30) · ≪호서문학≫(5집) 속간(상임간사 : 김학응) (4.30) · 이덕영 : 시집 『한 줄기의 연기』 간행, 형제출판사 (9.1) 　'대전시민의 상' 수상 (11.1) · 김용재 : 첫 시집 『겨울 散策』 간행, 현대문학사 (11.10)	· 초대시7, 회원시22, 시조4, 평론 　2, 수필3, 소설2 (P.138)

1977	· ≪충남예총≫ 속간(지부장 : 이미라) (1.31) · ≪대능문학≫ 창간 (5.25) · 시동인회 〈백지〉 창립 (6.15) · 송백헌 : 『西浦家門行狀』 간행, 형설출판사 (7.25) · 박희선 : 시집 『眈美』 간행, 국제예술 (7.30) · 안명호 : 첫 시집 『바람 쉴 고개』 간행, 승문사 (10.10) · 이용호 : 첫 시조집 『點景詩帖』 간행, 현대문학사 (11.10) · ≪차령≫ 창간 (회장 : 정훈) (12.20) · 〈충남수필동인회〉 창립 (8)	· 정훈, 임헌도, 이용호, 이덕영 등 20명

1978	· 손기섭 : 첫 시집 『顯身』 간행, 현대문학사 (7.25)
	· ≪백지≫ 창간 (주간 : 박명용) (10.30)
	
	· ≪시도≫ 창간 (11.20)
	
	· 김영배 : 첫 수필집 『淨한 나무의 年輪』 간행, 유림사
	  (11.30)
		· 박명용, 이덕영, 김용재,
		  이장희, 한병호, 조완호
		· 지광현, 이대영, 안명호,
		  신봉균, 김학웅, 김정수

1979	· 송재영 : 평론집 『현대문학의 옹호』 간행, 문학과지성 사 (1.25) · 6대 문협지부장 : 김대현 (4) · 한성기 : 시집 『늦바람』 간행, 활문사 (5.30) · 김대현 : 시선집 『보리수』 간행, 시문학사 (6.1) · 이진우 : 첫 소설집 『바람난 벽돌』 간행, 삼연사 (6.5) · 정훈 : 시집 『巨木』 간행, 한국문학사 (7.15) · 이장희 : 첫 시집 『銀針』 간행, 활문사 (9.15) · ≪만다라≫ 창간 (9.20) · 박명용 : 첫 시집 『알몸序曲』 간행, 활문사 (9.25) · 〈가람문학회〉 창립 (10.9) · 박희선 : 시집 『雁行』 간행, 기린원 · 〈충남수필문학회〉 창립 · 충남수필동인회 ≪수필문학≫ 창간 · 박용래 : 시집 『백발의 꽃대궁』 간행, 문학예술사 (11.30) · 이금준 : 시조집 『기우제』 간행	· 56명

1980	· 이도현 : 시집 『선비의 머리카락』 간행, 형제옵셋 (4.15)
	· ≪가람문학≫ 창간 (회장 : 정훈) (10.19)
	
	· 송하섭 : 에세이집 『어느 가난한 인생의 한나절』 간행,
	  창학사 (10.15)
	· 박용래 작고 (11.21)
	
	· 박용래 : 제7회 한국문학작가상 수상 (한국문학사)
		· 유동삼, 정소파, 이태극, 김대현,
		  이은방, 이도현 등 37명

1981	・지헌영 작고 (1.1) ・이교탁 작고 (2.26) ・충남수필문학회 《수필예술》 창간(회장 : 김영배, 　주간 : 오승영) (3.25) ・7대 문협지부장 : 최원규 (4) ・《무천》 창간 (대표 : 백운관) (9.10) ・《詩心》 동인회 창립 (11) ・충남문협 세미나 개최 (11.7) ・제1회 충남 문학상 시상 (11.7) ・이교탁 : 유고시집 『햇빛 먼 둘레』 간행, 호서문화사 (12.5)	・편집위원 : 안명호, 신봉균, 　유동삼, 조남익 ・유동삼, 홍재현 등 30명 ・김석환 등 6명 ・중앙관광호텔 ・발표자 : 안영진, 정한모, 조남익
1982	・송유하 작고 (4.10) ・제2회 충남문학상 시상 (8.10) ・한성기 : 시선집 『落鄕以後』 간행, 현대문학사 (9.15) ・《詩心》 창간 (11.25) ・문덕수・오학영 초청강연회 (12.17) ・한성기 : 제1회 조연현문학상 수상 (11)	
1983	・《동시대》 창간 (회장 : 안초근) (2.21) ・신정식 : 시집 『빛이 있으라하니』 간행, 보전출판사 (6.15) ・3인시집 : 『동행의 축배』 간행, 호서문학회 (8.15) ・운장 김대현 : 시문선 『보리수』(1,2,3) 간행, 정명사 (8.20) ・김대현 : 시집 『靑紙 한 장』 간행, 정명사 (8.20) ・김대현 : 시집 『불타의 발자국』 간행, 정명사 (8.20) ・전국시조백일장 (9.17) ・8대 문협지부장 : 안영진 (10.24) ・『시와 시론』(현역시인 19인선) 간행, 시와시론사 (10.30) ・이덕영 작고 (11.10)	・안초근, 송영숙, 윤월로, 　정정숙 등 13명 ・박희선, 김대현, 윤갑병 ・임강빈, 최원규, 김정수, 　박명용, 홍희표 등
1984	・필내음문학동인회 《나룻배》 창간 (2.1) ・김붕한 작고 (3.24) ・충남시인대표작선집 『시여 바람이여』 간행, 신문학사 　(4.10) ・한성기 작고 (4.17) ・김가린 작고 (8.31) ・전통시동인회 《전통시》 창간 (9.15) ・박용래 시비 제막 (10.27) ・박용래 : 시전집 『먼 바다』 간행, 창작과 비평사 (11.5) ・김가린 : 유고시집 『학』 간행, 호서문화사 (12.25)	・구재기, 김대현, 김순일, 　김용재, 나태주, 박명용, 　손종호, 임강빈, 조재훈, 　조남익, 최원규, 홍희표 　등 73명 ・보문산 사정공원

연도	내용	비고
1985	·〈대전일보〉 신춘문예 시행 (1) ·신인문학회 ≪신인문학≫ 창간 (1) ·시림문학동인회 ≪原始林≫ 창간 (4.6) ·9대 문협지부장 : 안영진 재선 (4.20) ·박용래 : 산문집 『우리풀빛 사랑이 풀꽃으로 피어나면』 간행, 문학세계사 (11.15) ·『한밭문예논총』 창간, 대전문화원	
1986	·〈대전시조시인협회〉 창립 (회장 : 유동삼) (1.26) ·제1회 전국한밭시조 백일장 (9.21) ·충남시단, 『홀러라 금강이여』 간행 (대표편집 : 임강빈, 최원규, 조남익) (11.10) ·최영자 작고 (11.23)	·일반부 장원 : 최정란 ·홍희표, 손기섭 등 25명
1987	·10대 문협지부장 : 한상수 (4.20) ·신기훈 : 시조집 『淡水의 情』 간행, 농경출판사 (4.25) ·한밭시조문학회 ≪그 아침에 심은 나무≫(회장 : 유동삼) 창간 (7.10) ·문학강연 (이청준, 김치수, 임헌도) (8.29) ·김정(중국)·김치수 교수 초청강연회 (9.6) ·회칙개정 (12.1) ·제1회 충남문학 축전 (12.6) ·충남문학대상 시상 (12.6) ·한성기 시비 제막 (12.12)	·시조28, 논단2 ·시민회관 앞
1988	·제1회 아주작가대회 (7.3) ·『시·시론』 창간 (회장 : 최원규), 충남시문학회 (12.5) ·충남문학대상 시상 (12.17)	·유성관광호텔
1989	·≪대전예술≫ 창간, 예총대전지회 (3.1) ·한국문협 대전지회 초대 지회장 (조남익 당선) (4.23) ·신기훈 작고 (5.31) ·권선근 작고 (7.8) ·대전문협 제1회 해변시인학교 개설 (8.7) ·〈천칭문학동인회〉 창립 (회장 : 박헌영) (9.15) ·제1회 대전문학 축전 개최 (12.18) ·정한모 초청강연회 (12.18) ·≪대전시단≫ 간행 (회장 : 조남익, 주간 : 홍희표) (12.18) ·≪대전문학≫ 창간 대전문협 (12.30) ·박희선 : '빛과 구원의 문학상' 수상	·문협 충남지부와 분리 ·서천 춘장대 ·김대현, 주근옥 등 28명 ·시44, 시조44, 수필3, 소설1, 아동3, 번역1, 특집2 (P.352)

1990	· 〈대전문인총연합회〉 창립 (회장 : 송백헌 추대) (1.12) · 〈대전문학진흥회〉 발족·현판식 (2.10) · 〈대전문학진흥회〉 사단법인 인가 (4.4) · 〈대전문학 진흥의 밤〉 개최, 귀빈예식장 (6.27) · 김대현 : 시집 『구름꽃 默音과 새』 간행, 호서출판사 (6.30) · 서울올림픽 2주년 기념 백일장 및 사생대회, 한밭도서관 (9.2) · 《문학시대》 창간 (대전문인총연합회) (9.10) · 대전문협 제1회 한밭 애향 시화전 (9.16~22) · 한용운 시비 제막 (10.9)	· 대표 : 김주팔 · 정한모 시인 참석 · 시31, 수필11, 창작9, 평론6, 특집2 (P.388) · 보문산 사정공원
1991	· 대전문협 2대 지회장 (김용재 당선) (2.17) · 〈한성기문학상〉 제정 (한성기문학상운영회) (4) · 〈대전문협회보〉 창간 (발행인 : 김용재) (4.10) · 이재복 작고 (4.24) · 김대현 : 시집 『푸른 숲 푸른 달빛』 간행, 호서출판사 (6.30) · 《해정문학》 창간 (회장 : 서정대) (8.20) · 대전문협 포상규정 제정 (9.1) · 제1회 대전문학세미나 개최 (10.4) · 근로청소년 문예강좌 (11.6~8) · 『권선근문학선집』 간행, 대전문총간행위 (11.30) · 《한밭솔뫼》 창간	· 제1회 수상자 : 성기조 · 대전시민회관 · 발표 : 송재영. 김재홍, 변평섭 · 한국문화예술진흥원 후원 · 대전광역시
1992	· 〈대전·충남여성문학회〉 창립 (회장 : 최자영) (6.20) · 《등대문학》 창간 (주간 : 이돈주) (6.30) · 천칭문학동인회 《저 나무에 마음이 깊어》 (회장 : 박헌영) 창간 (7.15) · 정훈 작고 (8.2) · 〈살아나는 시〉 창립 (회장 : 윤종영) (8.25) · 〈대전소설가협회〉 결성 (회장 : 김수남) · 《대전문화》 창간, 대전광역시 (10.20) · 김관식 시비 제막 (11.22) · 이재복 : 문학선집 『노란꽃은 노란 그대로』 간행, 문경출판사 (12.27)	· 안현심 등 7명 · 윤여학 등 13명 · 보문산 사정공원
1993	· 《시상》 창간 (회장 : 윤월로) (1.30) · 글빛문학 『우리들의 나이테』 창간 (2.24) · 대전문협 3대 지회장 (김용재 재선) (3.6) · 《여성문학》 (대전·충남여성문학회) 창간 (4.5) · 송유하 : 유고시집 『꽃의 민주주의』 간행, 문경출판사 (7.5)	· 송영숙 등 7명 · 시11, 수필8, 동화1, 소설4, 평론1

1993	• 이덕영 : 유고시집 『푸른 것이 더 푸른 날』 간행, 문경출판사 (7.20) • 『우리는 서로 문이다』 (대전소설가협회) 창간 (7.20)	• 이진우, 최상규, 영용흠, 김동권, 이미숙, 김영두, 이창훈, 김해미, 이순복, 이순예, 김숙경, 김수남
	• 대전 EXPO '93기념 사화집 『한빛탑과 별무리의 노래』 간행 (7.25) • 대전세계박람회 기념 영문 사화집 간행 (9) • ≪머들령≫ 창간 (대표 : 이인규) (9.5) • 한성기 : 시선집 『새와 둑길』 간행, 문경출판사 (9.6) • 박희선 : 시집 『동그라미 산책』 간행, 호서문화사 (9.30) • 박용래 : 시선집 『저녁눈』 간행, 문경출판사 (10.15) • ≪풍향계≫ 창간 (10.22) • 계간 ≪오늘의 문학≫ 창간 (11.15) (주간 : 리헌석)	• 윤형근, 송기섭 등 6명 • 시연재 : 김학웅, 소설연재 : 지요하, 시30, 소설3, 수필9, 희곡1, 평론4, 소설4 • 특집 : 박명용, 이진우(P.398)
	• 신인문학대전풍물시집 『한밭의 빛 속에서』 간행, 문경출 판사(10.25) • 박희선 : 시집 『볼록렌즈 해안선』 간행, 문경출판사 (11.25) • 다솜시동아리 『홀씨마냥』 창간(11.25)	• 손종호 외 5명
1994	• 이재복 : 시선집 『靜思錄抄』 간행, 문경출판사 (1.25) • 대전문협 4대 지회장 (박명용 추대) (1.29) • 대전문협 전용사무실 개설 (1.30) • 문학기행 (대전문협) (4.17) • 최상규 작고 (6.16) • 대훈서관에 '향토작가작품집'코너 개설 (6.27) • 대전가톨릭문우회 ≪사랑의 눈으로 보면≫ (회장 : 홍재 헌) 창간 (6.30) • ≪큰시≫ 창간 (7.1) • 〈서구 문학회〉 창립 (회장 : 박동규) (8.8) • ≪한밭의 시향≫(대전문협) 간행 (8.15) • 정훈 시비 제막 (10.9) • 한국문협 제14차 전국 지회 · 지부장 대회 (11.19) • 『대전문학선집』(전4권) 간행, 대전문협 (11.25) • ≪글탑≫ 창간 (한국불교문협 대전 · 충남지회) (회장 : 김영배) (11.30)	• 대전시 중구 선화동 137-9 대훈 문고 6층 • 부여 • 시12, 시조12, 수필18, 동화2, 소설2, 희곡1, 평론2, 특집2 • 윤종영, 강희안, 주용일, 송찬호 등 • 만인산 휴양림 입구 • 유성홍인호텔 • 시39, 수필10, 평론1, 특집1

1995	·≪허리와 어깨≫ 창간, 시문학동인회 (1.25) ·『한밭의 문혼』(박명용) 간행, 대전문협 (7.10) ·대전출신 『작고문인 연구』(박명용 편) 간행, 대전예총 (8.31) ·〈'96문학의 해〉 대전조직위구성 (위원장 : 박명용) (9.1) ·대전문협 제1회 우수시인시집출판 선정 (9.10) ·≪대전의 시인들≫ 간행 (화요시 낭송회) (회장 : (9.10) ·신정식 작고 (9.24) ·이덕영 시비 제막 (10.29) ·대전시인협회 창립 (회장 : 최원규) (11.10) ·임강빈 : 시선집 『초록빛에 기대어』 간행, 오늘의 문학사 (11.20) ·≪한밭여성문예≫ 창간, 대전광역시 여성회관 (11.28) ·≪서구문학≫ 창간 서구문학회 (12.27) ·≪올해의 시≫ 간행, (회장 : 최원규) 대전시인협회 (12.30)	·강신용 등 6명 ·신채호, 정 훈, 이재복, 한성기, 박용래, 이덕영, 최명자, 한덕희 ·신채호, 정훈, 한성기, 박용래, 이덕영, 최상규 ·이장희 :『작은 것이 아름답다』 ·김정수 :『분꽃』 ·임강빈, 박명용, 홍희표 등 28명 ·대청댐 청소년 광장 ·시26, 시조3, 수필4, 소설5, 평론3, 동화3 (P.206)
1996	·대전일보 문학동우회 『눈 위에 그림을 그리며』 창간 (1.20) ·대전문협 5대 지회장 (최송석 당선) (1.29) ·〈대덕문학회〉 창립 (회장 : 손기섭) (3.27) ·영문사화집 출판기념회 (3.29) ·〈꿈과 두레박〉 동인회 창립 (회장 : 이형자) (5.1) ·〈호서문학회보〉 창간 (발행인 : 김용재) (5.15) ·〈'96문학의 해〉「찾아가는 문학 강연회」, 대전지방공무원교육원 (5.15) ·〈'96문학의 해〉 시낭송대회, 대전시민회관 (5.18) ·'대전문화헌장' 제정 ·정의홍 작고 (5.19) ·〈'96 문학의 해〉, ≪대전의 시·수필 선≫ 간행 (편집 : 박명용) (6.30) ·〈'96문학의 해〉기념 '한국시문학 심포지엄' 개최 (9.14) ·예술종합지 월간 ≪어디≫ 창간, (발행인 : 박헌용) (11.1) ·김대현 : 자선시집 『창가에 앉아』 간행, 대교출판사 (10.15) ·≪옥빛 고운 자리에≫ 창간, 〈꿈과 두레박〉 동인회 (12.20)	 ·시16, 수필10, 희곡1, 동화1, 소설3, 특집1 (P.199) ·대전관광호텔 ·황금찬, 이호철, 최원규, 박명용 ·최우수 : 이연희 ·대전광역시 ·시91, 수필22 (P.233) ·유성 홍인관광호텔 ·발표자 : 문덕수, 김용직, 신협 ·이형자, 손중숙 등 7명

1997	·≪한밭문화≫ 창간, 대전동구문화원 (3.1) ·『깊으면 병이 되는 사랑』 창간, 〈살아나는 시〉 동인 (3.30) ·≪대덕문학≫ 창간 (4.25) ·월간 『어린이와 문화』 창간 (발행인 : 이근옥) (5.5) ·박희선 : 시집 『어머니 사랑 둥구나무 보리수』 간행, 풀잎문학 (10.10) ·『해시계를 따라 도는 해바라기』 창간, 샘머리 여성문학 동인회 (12.15)	·시16, 수필10, 희곡1, 동화1, 소설3, 특집1 (P.199)
1998	·대전문협 6대지회장 (신협 당선) (2) ·≪시 사랑≫ 창간 (6.5) ·제1회 대전광역시 어린이 글짓기 대회, 대전시민회관 (6.20) ·제1회 대전시인상 수상 : 임강빈 ·대전문인중국 남경 방문 (8.2~6) ·박희선 작고 (8.29) ·권선근 '문학새긴 돌' 문학비 제막 (9.6) ·〈서구문학회〉 총회 (회장 : 정만영, 부회장 : 유재봉 임기원) (11.14) ·신정식 시비 제막 (11.22) ·신정식 : 유고시집 『變身』 간행, 호서문학회 (11.22)	·대전아동문학회 추최 ·최원규 등 6명 ·둔산 샘머리 공원 ·상소동 시민휴식공원
1999	·〈대전·충청시낭송협회〉 창립 (회장 : 한수정) (1.14) ·박용래 문학상 제정 (대전일보) ·『정희홍 시인의 삶과 문학』 간행, 호서문화사 (5.29) ·≪미래문학≫ 창간 (6.12) ·대전문협 문학기행 (7.11) ·'시의 날' 시낭송대회 (11.1) ·한국문협 전국 지도지부장 대회 (11.29~30) ·'대전사랑' 비 제막(시 : 지헌영 「아!대전아」) (12) ·『이름 내린 간이역』 창간, 〈작은시〉 동인회(12.30)	·제1회 수상자 : 허만하 ·고창 ·대전시민회관 ·유성 아드리아호텔 ·대전시청 광장 ·조소 : 남철 ·글씨 : 이곤순
2000	·『최원규 시전집』 간행, 한국문화사 (1.15) ·계간 ≪아동문학시대≫ 창간 출판기념회 (2.19) ·대전문협 7대지회장 (리헌석 당선) (2.26) ·계간 ≪아동문학시대≫ 창간 (주간 : 전영관) (3.1)	·시21, 동화6, 평론2, 기획1 (P.160)
	·신봉균 작고 (3.22) ·정훈 : 시조집 『밀고 끌고』 간행, 오늘의문학사 (4.10)	
	·보훈백일장 개최, 대전현충원 (4.16)	·대전지방보훈청 주최

2000	· '환경사랑·대전사랑' 백일장 및 그림그리기 대회, 뿌리 공원 (6.5)	· 한밭문화사랑회 주최
	· 대전문협 문학기행 (6.11)	· 당진
	· 〈한국시낭송협회〉 창립 (회장 : 한수정) (6.29)	
	· 《대전동시조》 창간, 대전동시조문학회 (회장 : 김창현) (6.30)	· 김영수, 전영관 등 33명
	· 《갑천문화》 창간, 대전서구문화원 (7.1)	
	· 〈동구문학회〉 창립, (회장 : 김명동) (7.21)	
	· 박희선 시비 제막 (8.27)	· 공주 계룡산 갑사
	· 『박희선 시인의 인생과 문학』 간행, 시비건립위 (8.27)	
	· 《동구문학》 창간, 동구문학회 (9.15)	
	· 한국시협 '아름다운 우리시의 향연'개최 (10.1)	· 대전시청강당
		· 특강 : 정진규, 유안진
	· 박명용 : 시선집 『존재의 끈』 간행, 푸른사상 (10.30)	
	· 제1회 한밭시낭송 대회(11.1)	· 대전교육청 강당
	· 『대전문학사』 간행(박명용 외), 대전예총 (11.10)	
	· 『대전의 시·대전의 노래』 간행, 대전예총 (12.20)	
2001	· 대전문협 문학기행 (3.24)	· 문경
	· 펜클럽 한국본부 대전광역시위원회 창립(위원장 : 안영 진) (6.30)	
	· 대전시낭송 대회 (7.10)	· 유성구 도서관 · 재능시낭송협회 대전지회 주최
	· 박희선 추모시집 『동그라미 연가』 간행, 오름 (8.15)	
	· 박희선 시인 3주기 추모식, 계룡산 갑사 (8.25)	
	· 〈백지시문학회〉 반년간지 《시와상상》 (36호)으로 제호 변경 (9.10)	
	· '대전8경 시화전', 엑스포과학공원 (9.21~23)	
	· 제1회 전국 어린이·어머니 시낭송대회 (10.20)	· 대전여성회관 · 〈아동문학시대〉 주최
	· 《대전펜문학》 창간, 한국펜클럽대전위원회 (11.3)	
	· 6대광역시 합동 문학심포지엄 개최 (12.18)	· 새서울관광호텔
	· 《어은소설》 창간, 어은문학회 (12.27)	· 이예훈 등 11명
2002	· 대전문협 8대 지회장 (리헌석 재선) (2.2)	
	· 계간 《오늘의 문학》이 《문학사랑》으로 제호 변경 (3.1)	
	· 제12회 청소년소설 MT '작가와 함께 하는 문학체험' 캠 프, 계룡산 충남여성정책개발원 (5.24~25)	· 주최 : 한국소설가협회 · 주관 : 대전대학교 · 연사 : 정을병, 유재용, 김영희 등

2002	· 대전문협 문학기행 (4.14)	· 목포
	· 2002 안면도 국제꽃박람회 기념시집 『꽃과 시』 간행, 호서문학회 (4.18)	
	· 정 훈 : 유고시집 『회상』 간행, 오늘의문학사 (5.25)	
	· 전 형 : 유고시집 『새로 얻은 노래』 간행, 오늘의문학사 (6.1)	
	· 명사초청 시낭송 축제, 대전시립미술관 (6.15~17)	
	· 계간 《시와 정신》 창간 (주간 : 김완하) (9.1)	
	· 『정훈 시전집』 간행 (9.25), 동남풍 (9.25)	· 시집 : 『머들령』, 『파적』, 『벽오동』, 『피맺힌 연륜』 『꽃시첩』, 『산조』, 『거목』
	· 〈대전중부문학회〉 창립 (회장 : 이용호) (10.20)	· 조남익, 최자영, 전인철 등
	· 계간 《문학마당》 창간 (주간 : 손종호) (11.20)	
	· 〈오늘의 문학회〉 『글밭 가꾸기 4반세기』 간행 (11.30)	
	· 만선문학회 《여전히 무쇠에서 뜸 들고 있는》 창간 (12.26)	· 박봉주 등 7명
2003	· 대전·충남시문학회 《사월의 술잔》 창간 (4.12)	· 김용재 등 16명
	· 대전문협 문학기행 (4.27)	· 진주
	· 김대현 작고 (6.19)	
	· 제50회 '문학사랑' 심포지엄 개최, 장수마을 (6.28)	
	· 《중부문학》 창간 (8.1)	· 대전중부문학회
	· 신인문학회 대전풍물시집 『한밭의 빛 속에서』 간행, 문경출판사 (10.25)	
	· 한성기문학상 수상 작품집 간행 (11.8)	
	· 《허리와 어깨》가 《시와인식》 (9집)으로 제호변경 (발행 : 강신용, 주간 : 김백겸) (12.15)	
	· 『한성기시전집』 간행 (박명용 편) 푸른사상사 (12.30)	· 시집 : 『산에서』, 『낙향이후』, 『실향』, 『구암리』, 『늦바람』

시비·문학비

(건립순)

· 박용래
· 한성기
· 한용운
· 김관식
· 정　훈
· 이덕영
· 신정식
· 권선근

박 용 래 시비

〈碑陽〉

저녁눈

늦은 저녁 때 오는 눈발은 말집 호롱불 밑에 붐비다

늦은 저녁 때 오는 눈발은 조랑말 말굽 밑에 붐비다

늦은 저녁 때 오는 눈발은 여물 써는 소리에 붐비다

늦은 저녁 때 오는 눈발은 변두리 빈터만 다니며 붐비다

〈碑陰〉

박용래 선생은 평생 시 하나만을 위해 살다간 전통적 서정시인이다.

이 고장을 지키며 시류에 흔들리지 않고, 고운 나뭇결 같은, 향토색 짙은 언어로 많은 사람의 가슴에 감동을 주었다. 눈물로 외로움을 달랬고, 술로 좌절을 풀었다. 작은 것을 사랑했고, 사라져가는 사물에 애틋한 눈길을 보냈다.

그는 삶의 멋과 깊이를 알고 간 시인이다. 그를 아끼고 잊지 못하는 문학동호인과 뜻을 같이하는 이들의 정성을 모아 여기 시비를 세운다.

1984년 10월
시비건립추진위원회

박용래 시인 연보

1925년 충남 논산군 강경읍 출생
1943년 강경상업학교 졸업
1944년 조선은행 본점 입행, 조선은행 대전지점 근무
1946년 대전에서 「동백시회」 참여하여 작품활동 시작
1948년 충남 중등교육계 교직생활 시작
1956년 「현대문학」에서 시 추천・완료
1961년 충남 문화상 문학부문 수상
1969년 첫 시집 「싸락눈」 출간
1970년 현대시학사 제 1회 「작품상」 수상
1974년 한국문인협회 충남지부장 역임
1975년 제 2시집 「강아지풀」 출간
1979년 제 3시집 「백발의 꽃대궁」 출간
1980년 11월 21일 대전 자택에서 타계.
　　　동년 12월 한국문학사 제 7회 「한국문학작가상」 수상

글 任剛彬, 글씨 金丘庸, 구성 崔鍾泰

한 성 기 시비

〈碑陽〉

역

한 성 기

푸른불 시그럴이 꿈처럼 어리는
거기 조그만 역이 있다.

빈 대합실에는
의지할 의자 하나 없고

이따금 급행열차가
어지럽게 경적을 울리며
지나간다.

눈이 오고
비가 오고……

아득한 선로 위에
없는 듯 있는 듯
거기 조그마한 역처럼 내가 있다.

건립기

한성기 선생은 일천구백이십삼년 사월 삼일 함경남도 정평군 광덕면 장동리에서 출생하여 함흥사범학교를 졸업하고 충남으로 발령을 받아 합덕신촌국민학교·대전사범학교에서 교편을 잡으며 시창작에 몰두했다. 선생은 「역」이라는 작품으로 문단에 데뷔 평생을 시창작에만 전념하다 일천구백팔십사년 사월 십칠일 별세했다. 신병과 가난 탓으로 추풍령 영동 예산 조치원 유성 안흥 두계 진잠 등등을 전전하면서도 「산에서」 「낙향 이후」 「실향」 「구암리」 「늦바람」 등의 시집과 시선집을 펴내 문단의 눈을 끌었다. 작품세계를 보면 자연과 인생을 노래하였는데 정직성을 잃지 않았고 자연의 섭리에 대해서도 부정하는 일이 없었다. 하나같이 진솔하고 간결하기 때문에 '읽히는 시'로서 독자와 친할 수가 있었다. 선생은 ≪현대문학≫ ≪현대시학≫ 추천 심사위원을 지냈고 충남도 문화상 한국문학상 조연현 문학상 등을 받은 바 있다. 뿐만 아니라 후진 양성은 물론 불모지였던 충남에 문학의 씨앗을 뿌린 그 업적과 청빈하게 살다간 한성기 시인을 기리는 뜻에서 문화의 전당인 시민회관 앞 뜰에 이 시비를 세운다.

1987년 12월 12일
한성기시비건립위원회 위원장 안영진 짓고
한국예총 충남도지회장 남계 조종국 쓰다.

한 용 운 시비

〈碑陽〉

꿈이라면

만해 한용운

사랑의 속박이 꿈이라면
출세의 허물도 꿈입니다
웃음과 눈물이 꿈이라면
무심(無心)의 광명도 꿈입니다
일체만법(一切萬法)이 꿈이라면
사랑의 꿈에서 불멸을 얻겠습니다

〈碑陰〉

건립기

一八七九年 忠南 洪城郡 結城面 城谷里에서 誕生하신 萬海 韓龍雲 先生은 잃어버린 祖國을 찾기 爲하여 三一運動을 先導하시고 平生을 祖國獨立에 獻身하신 民族의 太陽이시며 韓日佛敎同盟條約을 粉碎하시고 「佛敎維新論」「唯心」誌를 發刊하여 韓國佛敎를 危機에서 救하고 그 方向을 바로 잡아준 佛敎界의 巨星인 同時에 「님의 沈默」 등 珠玉같은 詩와 小說을 創作하여 民族의 가슴속에 아름다운 情緖와 正義로운 마음을 심어준 文學界의 燈臺이시었다.

이에 우리 寶文로타리 會員들은 先生의 거룩한 精神을 기리고 그 높은 뜻을 오늘에 되살리고자 이곳 寶文山 山城公園에 간절한 精誠들을 모두어 이 詩碑를 세운다.

1990년 10月 9日
寶文로타리클럽 會員 一同

건립일 1990. 10. 9
글　씨　남계 조종국
건립자 대전보문로타리클럽 회원 일동

김 관 식 시비

〈碑陽〉

다시 曠野에

저는 항상 꽃잎처럼 겹겹이 에워싸인
마음의 푸른 창문을 열어놓고
당신의 그림자가 어리울 때까지를 가슴 조여
안타까웁게 기다리고 있습니다
하늘이여,

그러면 저의 옆에 가까이 와 주십시오
만일이라도…… 만일이라도……
이승 저승 어리중간 아니면 어데든지
당신이 계시지 않을 양이면

살아있는 모든 것의 몸뚱어리는
암소 황소 쟁기결이 날카론 보습으로
갈아헤친 논이랑의 흙덩어리와 같습니다

따순 봄날 재양한 햇살 아래
눈 비비며 싹터 오르는 갈대순같이
그렇게 소생하는 힘을 주십소서

〈碑陰〉

시인 연보

1934년 충남 논산에서 金洛義 차남으로 출생
1952년 강경 상업고등학교 졸업. 첫 시집 『낙화집』 출간
1953년 고려대에서 동국대 농과대학으로 전학. 崔南善 吳世昌 등에서 성리학 동양학 서예 등
　　　 사사
1954년 未堂 徐廷柱 처제 方玉禮와 결혼. 서울공고 교사
1955년 서울상고 교사. ≪현대문학≫에서 「연」 「자하문 근처」 등 시로 문단에 등단. 李炯基 李
　　　 相魯와의 3인 시집 『해 넘어가기 전의 기도』 출간
1957년 『김관식시선』 출간
1959년 세계일보 논설위원
1960년 4월 혁명 후의 총선에서 민주당 張勉 박사와 겨루기 위해 서울 용산 갑구에서 민의원
　　　 출마
1968년 『서경』 번역 간행
1970년 8월 30일 간염으로 요절
　　　 사후 고향인 논산군 연무읍 소룡리에 안장
1976년 시전집 『다시 광야에』 출간
1983년 方玉禮 여사의 『대한민국 김관식』 출간

건립기

시인이 그리워하는 것이 어찌 나무나 땅이나 하늘 뿐이랴. 폭풍도 있고 불도 있다.
김관식 시인은 온 몸으로 시를 썼다. 맑고 어린 한국적 서정시를 동양정신의 미학에
서 승화시켰고 남다른 개성과 호쾌한 기개는 세인의 화제를 일신에 모으기도 했다.
독립적인 개성이 있었고 한학에 조예가 깊었다. 그러나 「대한민국 김관식」은 그의
천재적 재능을 모두 꽃피우지 못한 채 37세로 요절하였다. 세속의 온갖 굴레로부터
벗어나 자유롭고자 했던 그의 「오만한 시혼」은 무한한 창조력의 원천으로서 새로운
매력과 그리움을 주는 바가 있다. 이에 그의 높은 시정신을 기리고 추모의 정을 함
께 하고자 문단과 지역사회의 정재를 모아 시비를 건립한다.

1992년 10월 22일
시비건립추진위원회

위원장　趙南翼 韓相玨 金容材
부위원장 洪禧杓 金丁洙 李道鉉 白龍雲 具湘會
　　　　羅泰柱 崔松錫 金元泰 金秀男
사무국장 李憲錫 金明洙 田玟
　　글　趙南翼
設計 監理 文友植

정 훈 시비

〈碑陽〉

머들령

요강원을 지나
머들령
옛날 이 길로 원님이 내리고
등짐 장사 쉬어 넘고
도적이 목 지키던 곳
분홍 두루막에 남빛 돌띠 두르고
할아버지와 이 재를 넘었다
뻐꾸기 자꾸 울던 날
감장 개명화에
발이 부르트고
파랑 갑사 댕기
손에 감고 울었더니
흘러간 서른 해
유월 하늘에 슬픔이 어린다

〈碑陰〉

건립문

素汀 정훈은 1911년 3월 16일 대전직할시 중구 은행동에서 태어나 대전 삼성보통 학교와 휘문고보를 졸업하고 일본 메이지대에서 수학하였다. 휘문고보 학창시절부 터 시작에 몰입했던 그는 1935년 가톨릭 청년지에 시 유월하늘을 발표한 이후 「머 들령」「밀고 끌고」등 주옥같은 작품을 발표했으며 시집으로 〈머들령〉〈파적〉〈피 맺힌 연륜〉등 다수를 남겼다. 그는 민족의 수난기에 한국 고유의 전통적 정서를 바 탕으로 하여 민족혼을 일깨우는 정과 한의 시세계에 삶의 고뇌와 역사의 아픔을 우 리 가락에 담아 일생을 고매하고 정아하게 노래하였다. 이 고장의 선구적 시인으로 고고하게 살다가 1992년 8월 2일 82세를 일기로 생을 마치매 충남 금산군 복수면 신대리 신세기공원에 잠들었다. 이제 그의 시혼을 추모하고 문학정신을 후세에 길이 전하고자 문인들이 정성을 모으고 염홍철 대전직할시장과 오응준 대전대학교 총장 의 도움으로 머들령의 혼이 서린 여기에 시 한 편을 빗돌에 새겨 세우다.

1994. 10. 9
정훈시비건립추진위원회 위원장 김용재
한국문인협회 대전직할시지회장 박명용

글 최송석
글씨 남계 조종국

이 덕 영 시비

신탄진

江이 조용히 빛나고 있었다
江가에 가득한 밀밭 위로
바람이 넘치고 있었다
흰 모래톱에 던지는 돌팔매
하늘 위의 몇 마리 새들과
무심한 물결이
빈 가슴에 들어 와
어둠을 허물고 있었다
키 큰 밀밭 사이로
지난 밤의 하찮은 불면이
구름처럼 사라져 가는 것이 보였다

〈碑陰〉

건립문

李德英은 1942년 8월 8일 대전시 서구 원정동에서 출생하여 대전공업고등학교와 서라벌예술대학을 졸업하였다. 그는 학창시절인 1963년 한국일보 신춘문예에 「化石」이 당선되고 같은 해 동아일보에 「꽃」이 입선되어 문단에 화려하게 데뷔한 이후 온유한 성품으로 한국 고유의 전통적 정서를 뿜어내는 주옥같은 시를 빚어냈다. 문명의 이기를 거부하고 자연을 바탕으로 한 향토적이고 토속적인 언어로 「新灘津」「진달래는 피어서」「권유」「밀밭」「봄밤」 등 정겹고 아름다운 꿈을 삶에 담아 노래하다가 1983년 11월 10일 41세의 아까운 나이로 향리에 잠들었다. 그는 문화공보부 신인예술상과 대전시민의 상을 수상했으며 시집으로 〈한 줄기의 煙氣〉를 남겼고 유고시집으로 〈푸른 것이 더 푸른 날〉이 있다. 그의 정결한 시혼을 오래 기리고자 문인들이 정성을 모으고 각계의 도움을 받아 살아있는 시 한편을 돌에 새겨 세우다.

1995. 10. 29
이덕영시비건립추진위원회
위원장 박명용

글　김용재
글씨　조종국

신 정 식 시비

〈碑陽〉

江

저처럼 부끄럼 타는
그림자
흰 구름이

흐르는 강물이 드리운
자갈돌에
내리는 그리움

나의 마음
새로운 길에
까치가 운다

〈碑陰〉

건립기

신정식(1938~1995)은 대구에서 출생하여 그 곳에서 소년시절을 보냈으며, 1957년부터 대전에 정착, 《湖西文學》 회원으로 문학활동을 시작한 이래 1973년 《現代詩學》을 통해 문단에 데뷔했고, 「江」 「빛이 있으라 하니」 「변신」 등 좋은 시집을 출간하여 우리나라 시문학 발전에 크게 이바지하였다. 또한 한국문인협회 충남부지부장, 호서문학회장 등을 역임하였고, 대전 시민의 상과 호서문학상을 수상하는 등 문단활동 및 공적도 폭넓게 인정을 받았다. 자연적 서정과 생활주변의 인생의 모습을 정직하게 그려내며 건강한 시혼을 불태워 온 시인의 시정신을 기려 그의 문학의 고향 대전에 이 시비를 세운다.

건립기 홍희표, 글씨 박경동
돌새김 이재순, 조각 최종태

1998년 11월
시비건립후원회장 이석구
시비건립위원장 김용재

권 선 근 문학비

〈碑陽〉

……해가 서쪽 산마루에 거의 닿을 무렵 나는 허선생과 문식이가 사는 괴목골을
향해 교문을 나섰다. 바람이 씽씽 전선을 울리며 스쳐간다. 귓전이 제법 따가웠다.
시냇물이 감돌고 있는 산비탈 길을 막 접어들다 우리는 무엇에 놀란 사람처럼 딱
멈추었다. 그 어린 것이 추단하기에는 너무나 과중한 나뭇짐을 진 문식이가 이리
로 오고 있었다. 우리를 발견한 문식이도 그 자리에 화석처럼 굳었다. 「너, 그 웬
나무냐?」 「……」 또 응구대척이 없다. 「내 궁금해 너의 집에 가는 길이다」 「……」
답답할만치 대답이 없다. 잠시 침묵이 흘렀다. 문식이는 비스듬히 외면을 하며 비로
소 입을 열었다. 떨리는 목소리다. 「선생님두 돈 없으실건데, 오학년 때부터 이제껏
돈대서 가르쳐 주시구 이번에도 그 많은 돈을 내주셨는데 선생님 나무래두 한짐해
다 드릴랴고 오늘 결석……」 이내 말이 그치고 말았다. 어깨가 들먹들먹 해졌다.

權善根 단편소설 「許先生」 중에서

權善根 文學 새긴돌
獻詩 崔元圭
글씨 宋浚英

1997. 9. 1
韓國文人協會 大田廣域市支會長 崔松錫

〈碑陰〉

獻 詩

당신은 이 고장 숯뱅이 의연한 선비였네 소설가 권선생은 병인년에 나셔서 기해년에 가셨으니 육십평생 〈요지경〉 같은 세상에서 〈허선생〉 같이 살다간 의연한 선비여, 당신은 촉촉한 들판의 봄비처럼 우리 모두의 가슴을 따뜻하게 적셔주었네.

1997. 9. 1

문학새긴돌 건립추진위원회

□□ 부 록 □□

· 역대 지부 및 지회 임원
· 역대 문학상 수상자

역대 지부 및 지회 임원

1. 한국문인협회 충남도지부 역대 임원

대	연도	지부장	부지부장	사무국장
1	'62	권선근	김대현	정재수·송하섭
2	'69	이재복	김대현	조남익
3	'72	한성기	임강빈·강금종	이교탁·최문휘·안명호
4	'75	박용래	임강빈·최원규	이덕영
5	'76	임강빈	김대현·최원규	김동권
6	'79	김대현	조남익	김동권
7	'81	최원규	안영진·이덕영	신종갑
8	'83	안영진	신정식·한상수	오완영
9	'85	안영진	한상수·박명용·안명호	김동권
10	'87	한상수	박명용·오완영·나태주	최송석

· 1989년부터 대전광역시지회로 분리

2. 한국문인협회 대전광역시지회 역대 임원

구분	1대('89)	2대('91)	3대('93)	4대('94)
회 장	조남익	김용재	김용재	박명용
부 회 장	홍희표 김정수 이도현	최송석 김원태 김수남	최송석 김원태 김수남	오완영 김원태 리헌석
감 사	지광현 최자영	김영수 김정수	오청원 양애경	최송석 최자영
시분과 이사	김학응 이관묵	손종호	김학응	박상일
시조분과 이사	유준호	박헌오	조일남	박헌오
소설분과 이사	김수남	홍성복	연용흠	이창훈

수필분과 이사	이정웅	홍재헌	이행수	강나루
희곡분과 이사	변상호	오청원	변상호	오청원
아동문학분과 이사	전영관	김영훈	박진용	류인걸
번역분과 이사	·	·	한진석	한진석
평론분과 이사	리헌석 신익호	정진석	리헌석	정순진
사무국장	이관묵 리헌석	전 민	전 민	전영관

구분	5대('96)	6대('98)	8대('00) 9대('02)
회 장	최송석	신 협	리헌석
부 회 장	신 협 이도현 김수남	강나루 정만영 손종호	조일남 박상일 이규식
감 사	김원태 최자영	김정수 변재열	도한호 최자영
시분과 이사	박상일	전 민 송계헌	윤월로 이돈주
시조분과 이사	박헌오	박헌오	조근호
소설분과 이사	연용흠	이진우	연용흠
수필분과 이사	강나루	이윤희	최중호
희곡분과 이사	오청원	변상호	변상호
아동문학분과 이사	전영관	박진용	이문희
번역분과 이사	한진석	한진석	·
평론분과 이사	정순진	정순진	신웅순
사무국장	전 민	박상일	박봉주

역대 문학상 수상자

◆ 〈충청남도문화상〉

(주관 : 충청남도)

회	연도	수상자	회	연도	수상자	회	연도	수상자
1	'57	이재복	12	'68	강금종	23	'79	송하섭
2	'58	전 형 (평론), 권선근 (문학)	13	'69	김붕한	24	'80	
3	'59	정 훈	14	'70	조남익	25	'81	
4	'60	김대현	15	'71	김제영	26	'82	박명용
5	'61	박용래	16	'72	한상수	27	'83	안명호
6	'62		17	'73	이용호	28	'84	오완영
7	'63		18	'74	안영진	29	'85	이장희
8	'64		19	'75		30	'86	
9	'65	한성기	20	'76		31	'87	김수남
10	'66	임강빈	21	'77		32	'88	나태주
11	'67	최원규	22	'78				

· 제19회 (1975)부터 제26회 (1982)까지는 문학이 '문화예술' 분야에 통합
· 제27회 (1983)부터 '문학' 분리
· 1989년부터 〈대전광역시문화상〉으로 분리

◆ 〈대전광역시문화상〉 (문학부문)

(주관 : 대전광역시)

회	연도	수상자	회	연도	수상자	회	연도	수상자
1	'89	송백헌	6	'94	김용재	11	'99	송재영
2	'90	최상규	7	'95	최송석	12	'00	손종호
3	'91	홍희표	8	'96	박상일	13	'01	도한호
4	'92	정만영	9	'97	신 협	14	'02	구상회
5	'93	이도현	10	'98	강나루	15	'03	전영관

◆ 〈대전시민의상〉

(주관 : 대전시)

회	연도	수상자	회	연도	수상자	회	연도	수상자
1	'72	안영진	3	'77	김정수	5	'83	신정식
2	'76	이덕영	4	'78	이교탁	6	'86	김영배

· 1986년 대전직할시 승격으로 중단

◆ 〈충남문학상〉

(주관 : 한국문협충남도지부)

회	연도	수상자	회	연도	수상자	회	연도	수상자
1	'81	김정수	2	'82	구재기	3	'88	김순일

· 1989년부터 〈대전문학상〉으로 분리

◆ 〈대전문학상〉

(주관 : 한국문협대전광역시지회)

회	연도	수상자	회	연도	수상자	회	연도	수상자
1	'89	정진석	6	'94	변재열 정순진	11	'99	이행수 강신용
2	'90	이대영	7	'95	주근옥	12	'00	홍재헌 김학응 연용흠
3	'91	강나루	8	'96	전영관 안초근	13	'01	박동규 안일상 김숙자
4	'92	박상일 서정대	9	'97	최자영 박진용	14	'02	김영수 조일남 이돈주
5	'93	박헌오 전 민	10	'98	조근호 최일순	15	'03	윤월로 김창현 문희봉

◆ 〈한성기문학상〉

(주관 : 한성기문학상운영위원회)

회	연도	수상자	회	연도	수상자	회	연도	수상자
1	'91	성기조	5	'99	김용재	9	'02	송백헌 최 건
2	'92	오완영	6	'99	한병호	10	'03	최문자 최송석
3	'93	박명용	7	'00	허형만 김순일			
4	'94	손기섭	8	'01	정광수 김원태			

◆ 〈대전시인상〉

(주관 : 대전시인협회)

회	연도	수상자	회	연도	수상자	회	연도	수상자
1	'98	임강빈	3	'00	조혜식	5	'02	전 민
2	'99	양애경	4	'01	주근옥	6	'03	강신용 한문석

* 시상경력 5회 이하 문학상 생략

‖ 편자·박명용(朴明用) ‖

충북 영동에서 출생하여 건국대를 졸업하고 홍익대대학원에서 문학박사학위를 취득했다. ≪현대문학≫에서 추천을 받았으며, 시집으로 『안개밭 속의 말들』『꿈꾸는 바다』『날마다 눈을 닦으며』『나는 마침표를 찍고 싶지 않다』『바람과 날개』『뒤돌아 보기·江』『강물에 손을 담그다가』『낯선 만년필로 글을 쓰다가』 등 10권의 시집과 시선집 『존재의 끈』이 있고, 저서로는 『현대시 해석과 감상』『한국 프롤레타리아 문학 연구』『예술과 인생』『한국시의 구도와 비평』『창작의 실제』『상상의 언어와 질서』『현대시 창작법』『현대 사회와 예술』 등과 편저로 『한성기시전집』 외 다수가 있다. 충남도문화상, 홍익문학상, 한성기문학상, 한국비평문학상, 한국문학상, 천상병시문학상 등을 수상했다.
현재 대전대학교 문예창작학과 교수로 재직중이다.

.

대전문학과 그 현장 (상)

2004년 7월 15일 1판 1쇄 인쇄
2004년 7월 25일 1판 1쇄 발행

주 관 ● 대전문인총연합회
(회장·송백헌)
편 자 ● 박 명 용
펴낸이 ● 한 봉 숙
펴낸곳 ● 푸른사상사

등록 제2-2876호
서울시 중구 을지로3가 296-10 장양B/D 202호
대표전화 02) 2268-8706(7) 팩시밀리 02) 2268-8708
메일 prun21c@yahoo.co.kr / prun21c@hanmail.net
홈페이지 //www.prun21c.com
ⓒ 2004, 박명용

값 30,000원
ISBN 89-5640-249-3-03800
◎ 무단복제를 금합니다